Une chambre sur la Dordogne

DU MEME AUTEUR

Un habit pour l'hiver, suivi de *Le Zouave,* (L'Avant-Scène).

CLAUDE RICH

Une chambre sur la Dordogne

Calmann-Lévy

ISBN 2-7021-1685-X

Imprimé en France

On l'a assez écrit, le théâtre ne se lit pas sans mal. Une pièce imprimée tient souvent plus de la partition que de la littérature : pour un peu, il y manquerait l'essentiel.

Pourtant, nous publions Claude Rich, en une maison d'édition qui avant lui avait réuni en volumes le théâtre de Dumas et de Labiche, de Tristan Bernard et de Christopher Fry. Il ne s'agit pas seulement d'un témoignage d'amitié, encore que ce soit un plaisir rare que de publier ses amis. Claude Rich n'est plus simplement l'interprète mémorable à la scène de Vitrac, Pinter, Kohout ou Guitry, à l'écran de René Clair, Deville ou Resnais. Il est devenu son propre dramaturge, s'inventant des personnages encore plus interrogatifs, encore plus graves, encore plus rêvés qu'il l'est lui-même.

Ce n'est évidemment pas un hasard si Claude Rich a fait merveille dans le théâtre anglo-saxon : l'art félin de l'implicite est le sien. Pour son œuvre propre, il a retenu cette discrète élégance du non-dit, qui autorise aussi bien la mélancolie de Tchékhov que l'ironie de Giraudoux.

Voici donc un texte nu, à relire après l'avoir sans doute écouté et regardé. L'écriture de Claude Rich chemine et résonne plus longtemps que d'autres mélodies, elle suggère plus qu'elle affirme : ce sont de bonnes raisons pour l'accueillir en un livre.

Olivier Barrot

Une chambre sur la Dordogne

a été créée le 2 octobre 1987 au théâtre des Arts-Jacques Hébertot à Paris (Direction : Alain de Leseleuc), dans une mise en scène de Jorge Lavelli, avec des décors de Louis Bercut, assisté de Patrick Meheux, et une musique originale d'André Chamoux.

Les interprètes :

Claude Rich (Nicolas),
Anne Alvaro (Blanche),
André Weber (Le vieux),
Maurice Barrier (Marcel),
Max Vialle (Georges),
Emmanuel Pierson (Dudu),
Jean-François Gobert (Jacques),
Bernard Pinet (Gaston),
Jean-Jacques Chalamet (Révillon),
Philippe Sire (Premier homme),
Sylvain Cousin (Deuxième homme).

La scène est noire.

Lentement, le fond s'allume.
Petit à petit, une forme apparaît. Elle est éclairée à contre-jour.
Quelque part, un homme pleure.

On entend le *Don Juan* de Mozart, très bas et de plus en plus fort.
Les pleurs surpris se taisent.

Attiré par la musique, un vieil homme entre avec une lanterne.
Il aperçoit l'ombre et se dirige vers elle.
Il lui plante sa lanterne sous le nez.

Nous découvrons un homme d'environ 50 ans. Son costume a reçu la pluie de toute la nuit. Il est couvert de boue. Il est en chaussettes, ses bas de pantalon sont relevés. On peut voir enroulée sur une cheville une bande maculée de sang.

Ebloui par la lumière, l'homme cache ses yeux avec sa main.

Le vieux
Arrête cette musique, tu sais l'heure !!
Merde ce type est malade !

La musique se tait.
Les pleurs reprennent.
Un train siffle quelque part.
On entend le roulement des wagons sur les rails.

Et au loin, un orage s'éloigne.

Le vieux *(écoutant)*
Qui c'est qui pleure ?
Il faut que je l'attrape, et vite ! J'aime pas quand ça pleure comme ça plus d'une heure.
(Inquiet, il regarde autour de lui. A l'homme :)
Je cherche un abruti avec un pyjama plein de sang.
Tu l'as pas vu ?

L'homme (Nicolas) retire sa main de devant son visage, mais, ébloui, il ferme les yeux.

Le vieux *(méfiant)*
D'où sors tu ? C'est quoi ton nom ?

Nicolas fait un geste de la main pour éloigner la lumière.

(Le vieux ricane)

Sensible, hein !
(méfiant)

C'est pas toi qui pleurais par hasard ?
C'est contagieux. Il y en a toujours un qui commence, les autres, après, on peut plus les arrêter.
Cette nuit, c'est infernal. Il y a des nuits comme ça, où la peur arrive d'on ne sait où... et court les corridors.
(Il fait mine de s'en aller :)

Si tu rencontres un gros binoclard, méfie-toi, il a un couteau à découper à la main.
(Il revient sur Nicolas. Soudain, il crie :)

Qui marche ?
(Il braque sa lampe dans la direction du noir).

Dans la pénombre on aperçoit un petit jeune homme tout pâle avec de grandes oreilles.
Surpris par la lumière, il reste immobile, la jambe en l'air.

A la vue de l'inconnu, il montre les dents.

Le vieux
Calme ! Approche !

Le petit homme approche, méfiant.

Le vieux *(lui montrant Nicolas)*
Tu l'as déjà vu ?

Le petit homme colle son nez sur les manches du veston mouillé. Il renifle.

Nicolas ouvre les yeux et le regarde faire.

Le petit homme suivant son nez, descend le long du pantalon de Nicolas jusqu'à ses chaussettes.
Il se met à quatre pattes pour mieux renifler.

Le vieux *(agacé)*
Je te demandais seulement si tu l'avais déjà vu ! Allez, va te recoucher !

Le petit homme se relève et s'en va en baîllant.

Le vieux
Il vous reconnaît même pas !

Il lui replante le faisceau lunineux dans la figure.

T'as rien sur toi... pas de bagages, rien.
Pourquoi t'as rien sur toi ?

Nicolas *(ébloui, ferme les yeux)*
Mon train avait cinq heures de retard.
A la gare, personne ne m'attendait. Je suis venu à pied.
Il fait noir comme dans un four, la pluie n'arrêtait pas de tomber.
En longeant la rive, je me suis enlisé et j'ai perdu mes chaussures.
(Il est en chaussettes. La boue lui monte jusqu'aux genoux).

Il y a un vent effrayant... J'ai fourré ma valise sur ma tête, mais sur un pont, elle s'est ouverte. Et tout s'est envolé... mon linge... mes papiers...
Mes photos de l'été dernier...

Le vieux
...

Nicolas
La dernière fois que j'ai revu mon prince de Galles, il s'enfonçait sous le pont, en bas.

Le vieux
T'as pas de papiers ?

Nicolas
Et puis... la lune s'est cachée.
Je me suis pris dans des barbelés,
(Il touche sa cheville).

ça n'arrête plus de saigner ! Et depuis que je suis arrivé, il y a un homme qui n'arrête pas de pleurer.
Je n'aurais jamais dû quitter Paris sans me faire accompagner.

Dans l'ombre, d'autres hommes approchent...
Ils ont une lampe torche à la main.
Ils la braquent sur Nicolas.

Nicolas *(se présentant)*
Je suis Nicolas Duval. On a retenu une chambre pour moi sur la Dordogne.

Le vieux hoche la tête et disparaît dans le noir.

Nicolas *(inquiet)*
Il va revenir le vieux ?

Les autres continuent à éclairer Nicolas.
On entend le roulement sourd d'un train.

Nicolas
Hier soir à Austerlitz, j'étais déjà fatigué.
Je n'aime pas quitter Paris.
Et je suis toujours inquiet quand je pars dans un endroit que je ne connais pas.
Il y avait foule. Je ne sais pas pourquoi, hier soir, tout le monde s'en allait ?
Et puis on a hurlé, une femme a hurlé.
C'était Stéphanie !
Elle était là : blottie, écrasée contre moi.
Je ne la voyais pas, mais je savais que c'était Stéphanie. Je sentais ses lèvres contre les miennes, qui bougeaient, qui parlaient...
Je ne comprenais pas ce qu'elle me disait.
Et puis, ... elle m'a embrassé.
Elle ne m'avait pas embrassé comme cela, depuis des années !...
Tout son maquillage s'étalait, on en avait partout, du vert, du rouge, du bleu. Les gens se retournaient, on s'en foutait !
On se serait embrassé, comme ça, toute la nuit sans arrêter !
Mais une foule énorme, maintenant, nous entourait.
Alors elle s'est écartée, et je l'ai vue sur le quai du Paris-Austerlitz !...
En robe de soirée !
Si belle, avec ses cheveux rouges et ses yeux verts !

Couverte de diamants, des bagues à tous les doigts !
Tout ce que je lui avait donné pendant nos vingt années d'amour immodéré.
Et puis, elle a pleuré ! toutes ces larmes noires me regardaient : je ne pouvais pas le supporter !
Alors, elle a pris ma valise. Elle marchait très vite. Je clopinais derrière elle, je n'arrivais pas à la rattraper. Des enfants criaient en nous suivant. Les gens se retournaient.
Dans le couloir, il y a encore eu un attroupement. Je ne voyais plus Stéphanie. Les gens se battaient. Ils m'écrasaient contre la vitre. Je me souviens, il y avait le train de Bayonne, Biarritz bonheur, qui s'en allait !
J'aurais voulu que Stéphanie me dise pourquoi, après m'avoir quitté depuis dix mois elle venait me retrouver le jour où je m'enfuyais pour l'oublier ?...
Mais maintenant, le couloir était vide, et le train roulait.
Alors, j'ai ouvert la portière. Je l'ai appelée !
Sur le quai, au loin, il y avait encore des bras qui se tendaient...
A tout hasard, j'ai tendu les miens...

Les types hochent la tête d'un air entendu... et ils s'en vont dans le noir.

Nicolas reste seul.

Un train roule quelque part...
On entend son cri aigü et angoissé.

Nicolas *(appelant)*
Il y a quelqu'un ?

Soudain, un hurlement déchirant nous fait sursauter et c'est le noir complet.

De toutes les extrémités du noir, des lampes s'allument.
Elles se braquent sur Nicolas qui se défend avec de grands gestes.

Nouveau hurlement.

Les lampes rectifient leur tir.
Elles démasquent un grand échalas.
Il brandit un couteau à découper au-dessus d'un petit maigrichon au bord de la crise nerveuse.

Le petit maintient à bout de bras son agresseur. Mais ses mains glissent lentement sur sa poitrine gluante, et il s'effondre à ses pieds.

L'agresseur contemple sa victime au travers de ses lunettes à triple foyers... et il est secoué d'un ricanement : « Ah, ah, ah, ah, ah, ah ! » qui se répercute à l'infini.

Et à nouveau : noir complet.

Un long silence lui succède.

Puis un gémissement plus terrifiant que tous les cris.

Nicolas *(hurlant)*
Qu'est-ce qu'il se passe ?
Il y a quelqu'un ?

Et toutes les lampes se rallument.
Mais bizarrement, les deux hommes ont disparu.

Les porteurs de lampe se décident enfin à aller voir de plus près.

Il en descend de partout.
Certains empruntent une sorte d'escalier...
Mais d'autres ont l'air d'arriver du plafond en s'aidant de cordes à nœuds.

Dans leurs lumières qui se croisent, on aperçoit Nicolas.
Il est très pâle.

Tous se retrouvent sur les lieux du drame.
Sept hommes, habillés de lainages de couleurs, sur la tête des sortes de bonnets, surmontés d'une petite boule en laine qui tremblote. Leur teint est rouge et vert.
Peut-être est-ce la peur ?....

Ils regardent autour d'eux, perplexes et claquant des dents.

Le petit jeune aux grandes oreilles aperçu tout à l'heure (Jacques) se remet à quatre pattes et renifle le sol.

Nicolas regarde tout ça, étonné.

Soudain, Jacques hurle comme un chien d'arrêt.

Tous les sept sautent en l'air.
Ils se retrouvent dos à dos, formant le cercle.

Leurs lampes éclairent le noir.
On n'entend plus que le claquement de leurs dents.

Nicolas bousculé se retrouve coincé au milieu d'eux.

L'état de chacun est descriptible.

Dudu *(hurlant)*
Aaaaah, là !... j'ai vu quelqu'un bouger...

Jacques *(hurlant7*
C'était Marcel, je l'ai reconnu !

Le vieux
Encore Marcel !

Dudu *(levant la main de Marcel qu'il tenait)*
Il est là, Marcel, il est là !

Le vieux
C'est l'enfer, ici !

Marcel
On peut jamais roupiller !

Dudu
On paye vingt mille francs par mois pour se reposer !...

Le vieux
On est ici pour trouver le calme et la sérénité !

Marcel
Et on peut jamais roupiller !...

Jacques
Tu crois qu'il est mort ?

Georges
Qui ?

Marcel
Tais-toi !

Jacques *(pleurant)*
Il est mort...

Dudu
Ta gueule !

Gaston
C'est peut-être un des nôtres ?

Dudu
Faut se compter.

Jacques
Oui.

Marcel
Un.

Dudu
Non. Moi, un.

Le vieux
Oh, vous deux, ça suffit !

Dudu
On devait plus jamais avoir d'anxiétés !

Le vieux
Et on a même pas un lit pour se reposer !

Marcel
Ils m'avaient promis une chambre sur la Dordogne !

Dudu
A moi aussi !

Le vieux
Moi aussi !

Gaston
Moi aussi !

Georges
Ils m'avaient dit : ici, vous trouverez tous un bon copain !

Marcel
Et tous les connards ont rappliqué, et la pension maintenant est pleine à craquer !

Georges
Et nous on doit dormir dans l'escalier !

Dudu
Dans une entrée où ça n'arrête pas de circuler !

Le vieux *(allant se recoucher)*
Dans une heure, le programme des activités va recommencer !

Gaston
Et on n'aura même pas roupillé !

Georges *(allant se recoucher)*
Dans quel état on va être à l'examen...

Dudu
Je vais me recoucher...

Georges
Moi aussi !

Gaston
Moi aussi !

Jacques
Moi aussi !

Marcel
Moi, je vais jamais pouvoir me rendormir.

Toutes les petites lumières sont remontées à leurs places.

Nicolas est resté seul en bas. Immobile.

Il baille. Alors, les unes après les autres, les lumières s'éteignent.

Là-haut, une seule reste allumée.

C'est Marcel (le petit maigrichon victime du grand échalas).

Marcel
Evidemment, moi je ne dors pas.

On entend le bruit d'un train sur un pont métallique.

Marcel
Le train de cinq heures huit est en retard...
Un beau jour, il va s'écraser sur celui de cinq heures douze !
Aucun des mecs ici se dérangera, c'est pétochard et compagnie !
Moi j'irai. J'ai peur de rien !
Moi, j'ai jamais eu peur de rien ! Je fais peur, c'est différent.
Les enfants, ça crie à la naissance ! Moi, quand je suis né, c'est ma mère qui a hurlé !
Et j'en ai plus jamais entendu parler !
Je fais peur.
C'est drôle tous ces gens qui ont peur...
(Il promène sa lampe autour de lui)

On devine sur les marches de l'escalier et dans des niches suspendues au plafond des hommes endormis.

En bas, sur une chaise immense, Nicolas s'agite.

Marcel
Ça me rassure de faire peur !.. Seulement quelquefois aussi, ça me fait peur ! Surtout la nuit. La nuit je pense à tout. J'entends tout. Les chiens, les trains...
(Il écoute)
J'aime bien la nuit.

Une lumière très pâle est apparue.

Marcel
Tiens, voilà l'aube. J'ai pas dormi lourd cette nuit. Je vais encore être nerveux toute la journée.
(Il regarde les autres dormir, puis il se recroqueville et met sa tête sous son bras)
C'est toujours pareil... ça dort. Je pense, et la vie continue...

La lumière baisse sur Marcel et monte doucement sur Nicolas.

On entend une musique lointaine, comme une réminiscence.

Autour de Nicolas des ombres se meuvent et tournent, au ralenti. De ces formes s'échappent de longs faisceaux lumineux qui s'éclairent mutuellement au passage.

On devine des couples qui dansent.
Leurs lampes font, dans leurs mains qui bougent au rythme de la musique, comme des lucioles dans le matin qui se lève.

L'aube apparaît.
Avec elle nous distinguons le couple le plus proche de nous.
Il est composé de deux hommes : Marcel et Dudu.
Ils dansent comme on danse à l'aube.

Derrière eux, on devine d'autres couples, couples d'hommes, qui continuent à tourner en s'éloignant, jusqu'à disparaître.

Sur la scène, il n'y a plus que Nicolas qui dort.
La musique est toujours là. Envoûtante et lointaine.

Le jour arrive.

Nous découvrons alors ce qui pourrait être une vaste et belle antichambre. De longues fenêtres à trois mètres de hauteur ornent les façades. Elles sont cachées par des voiles qui voleront au moindre courant d'air.

Un escalier étrange à double révolution fait des marches trop grandes. Escalier délabré, à marches inégales. Escalier qui se perd dans le noir.

Au pied de la première marche, il y a une chaise immense sur laquelle Nicolas dort, les pieds dans le vide.

En haut de l'escalier, une grande baie.

La lumière qui entre ce matin-là ne donne pas à Nicolas l'envie de se réveiller.

Accrochées au plafond, il y a des sortes de niches que l'on peut atteindre en s'aidant de cordes à nœuds.
Dans ces niches dorment des formes recroquevillées.

Ce matin, les cordes sont remontées.
Sous la voûte de l'escalier, on aperçoit une sorte de baffle rond, immense, sur des roulettes.
On pourrait croire aussi à un animal étrange (Jérôme Bosch).
Des voix d'hommes se font entendre.

Dudu et Marcel entrent. Ils ont l'air harassés. Ils sont en chaussettes. Ils tiennent leurs chaussures à la main.

Dudu
Voilà le jour.

Marcel
Quelle nuit... Quelle nuit !

Ils s'effondrent sur la première marche.

Dudu *(goguenard)*
On a droit à une belle matinée ensoleillée !

Marcel
Ça va pas durer.
Quand j'étais jeune inspecteur, je dansais toute la nuit.
Ça m'amusait !

Dudu
On était jeune !

Marcel
C'était pour notre plaisir !

Dudu
Maintenant ça nous fait chier parce qu'on est obligé.

Soudain, venant de la cour, deux danseurs passent devant eux.
Nicolas s'éveille.
Ils ont l'air de deux chevaux harassés rentrant à l'écurie. Ils font quand même quelques figures et disparaissent au jardin.

Dudu
Ces deux-là tiendront pas le coup.

Marcel
C'est mauvais ce qu'ils font.

Dudu
Ils ont aucun rythme !

Marcel
Quand même... le coup du bras... je te lance et je te rattrape, c'est bien !

Dudu *(vexé)*
Bien ! Tu trouves ça bien ?
(Il se lève)

Regarde-moi !
(Il s'éloigne en dansant)

Marcel *(se précipitant)*
Eh, attends-moi !

Ils sortent en dansant et gesticulant :

Nicolas qui s'était levé pour leur parler, se retrouve seul.
Il tourne en rond.

Deux danseurs passent dans le fond : Nicolas se précipite vers eux.
Mais ils disparaissent.

Soudain, le vieux et Jacques entrent en courant.

Le vieux
Vite... Vite !
On va encore être les derniers à la salle à manger !

Il sort.
Mais Jacques est resté en extase devant le grand baffle.

Il s'est mis à genoux.

Jacques
Marie... Marie...

Le vieux revient en courant.

Le vieux *(excédé)*
Tu arrives ?

Le jeune se signe.
Le vieux lui file un coup de tatane, et ils sortent en courant.

Nicolas *(au vieux)*
Eh, vous là-bas !... Qu'est-ce que vous faites ?...
Je vous attends toujours ! !

Et Nicolas se précipite à la poursuite du vieux.
Mais dans la porte, il tombe dans les bras d'un grand type à lunettes, l'air hagard...

C'est Georges, le grand échalas du début.

Georges *(hurlant)*
Lâchez-moi !
(Il repousse Nicolas)

Je ne veux pas danser !

Nicolas repart.
Mais Georges le rattrape.
Il l'agrippe.

Georges *(hurlant)*
Toute la nuit ça na pas arrêté de gueuler !
Le cauchemar ! A cinq heures, je n'en pouvais plus !
Je suis sorti prendre un petit café tranquille au réfectoire...

Nicolas *(voulant se dégager)*
Foutez-moi la paix ! Je veux rattraper le vieux qui vient de sortir !

Georges
Vous en trouverez un autre ! C'est pas les vieux qui manquent !
(avec toute sa force, il entraîne Nicolas)

A cinq heures, ça circulait bien, les couloirs étaient vides.
Ça sentait bon les lessives désinfectantes qu'on venait de répandre...
... quand la cloche a sonné !
Et là, le cauchemar a recommencé !
Des centaines de types sont sortis des dortoirs, hagards... ils étaient tout nus... J'en avais partout, devant, derrière... Je ne pouvais plus avancer ni reculer...

J'ai tapé dans le tas ! Il y en a qui sont tombés !...
Je les ai escaladés !

Et j'ai mis trois heures à revenir ici ! En faisant le tour par des souterrains où je me suis perdu et où il y avait des rats gros comme mes deux mains...
Je les sentais grimper lentement dans mes pantalons !...
(Il se tape dessus comme un fou)

Je suis mort de peur !...
J'ai pas pris de café... et je suis crevé.

Il s'effondre sur la chaise.

Il halète.

Nicolas le regarde, effaré.

Georges colle ses mains, dans celles de Nicolas qui ne réagit pas.

Georges
Si encore je dormais la nuit... j'ai pourtant pris deux somnifères et trois calmants. Rien ! Plus j'en prends, plus je suis énervé !

Nicolas repousse les mains de Georges et veut se sauver. Mais il est arrêté dans son élan par des hurlements.

Marcel *(Off)*
Lâchez-moi !... Laissez-moi !... Lâchez-moi !

Et Marcel entre comme une bombe suivi de Dudu.

Dudu
T'es là pour travailler, travaille !

Marcel *(hurlant)*
Mais il est huit heures ! La danse est terminée !
Maintenant, c'est une autre activité !

Dudu
Tu sais pas danser ! Tu sais que du dois y arriver.
Tu dois y arriver !

Marcel *(hurlant)*
Je veux dormir !

Dudu
Bon. Je te laisse tomber. T'auras plus personne à qui parler.

Marcel, vaincu, baisse la tête et prend Dudu par la taille.
Ils redansent.

Marcel
S'il n'y avait pas cet examen... j'aurais demandé à Albert d'être mon danseur... T'aurais vu ce que tu aurais vu...

Georges et Nicolas regardent Marcel et Dudu qui s'éloignent en faisant des figures de grands professionnels.

Georges *(à Nicolas)*
C'est effrayant, ici, cette promiscuité !
Tous ces types...

Marcel et Dudu repassent devant eux, joue contre joue.

Ces méthodes de travail... Je ne peux pas m'y habituer...
C'est révolutionnaire !

Maintenant, Marcel tient Dudu penché en arrière ; ils sont toujours joue contre joue. Ils ont une jambe en l'air.

Et tout ça n'est rien... quand vous connaîtrez les autres activités !... Le caisson... la boîte à savon !...
Ça n'arrête pas !

Des hommes descendent l'escalier. Ils ont des instruments de musique à la main et des partitions.

Ils s'assoient sur les marches.
On sent qu'ils attendent quelque chose.

Nicolas les aperçoit. Il se dirige vers eux.
Georges le rattrape. Il le prend par le bras.

Georges *(avec un grand sourire)*
La seule chose que j'aime bien ici, c'est qu'on a presque tous mon âge et mes problèmes...

Vous, votre âge, c'est combien ?

Nicolas
Cette exhibition va durer longtemps ?

Georges
C'est l'examen qui les tracasse !
Vous venez bien pour des examens ?...

Nicolas
On ne vous force tout de même pas à danser ?

Georges
Si !

Nicolas
Mais c'est absurde, je n'ai pas dansé depuis mon mariage !

Georges
Alors c'est votre point faible ! Je vais vous aider. *(Il prend Nicolas par la taille).*

Nicolas *(se dégageant)*
Ah ! Lâchez-moi !

Georges *(vexé)*
On me force bien à chanter ! Moi non plus, je ne chantais plus depuis mon mariage !

Nicolas
Mais tout ça est invraisemblable !

Georges
Il paraît qu'on ne devrait jamais arrêter de chanter !

Nicolas
Où est-ce que je suis tombé ?
Je ne suis pas ici pour m'amuser.
Je n'ai aucune envie de m'amuser ! Je suis là pour me reposer... pas pour bêtifier. A Paris, j'ai un travail effrayant qui m'attend !

Georges *(haussant les épaules)*
Vous ne comprenez rien à rien !
Votre âge, c'est quel âge ?

Nicolas *(furieux)*
Mais foutez-moi la paix avec mon âge ! Je ne vous demande pas le vôtre !

Georges
Cinquante-huit ans.
Moi aussi, j'ai déjà eu du travail. Chauffeur d'un homme politique, un député. Effrayant ! Il n'arrêtait pas de cavaler. J'étais toujours fatigué. Je me suis plains. Il a voulu me virer. Alors, comme j'avais cinquante-huit ans...

Nicolas
Je m'en fous !

Georges
J'ai choisi la retraite anticipée. Mais le député m'a licencié trois mois avant ! J'ai pas bénéficié des avantages...

Nicolas fait un geste.

Bon, le problème n'est pas là... Le problème...
(à Nicolas, furieux :)

Dites, vous m'écoutez ? Au lieu d'être content de ne plus rien faire, je m'ennuie ! J'ai des picotements dans les doigts, j'ai le diaphragme...

Nicolas
Je m'en fous !

Georges
Bref, j'étais assommant, alors Georgina... c'est ma femme, m'a inscrit ici.
Pendant tout le trajet, elle m'a seriné : « N'oublies pas que tu vas là-bas pour t'amuser. Il faut t'amuser.
Tu n'auras rien d'autre à faire qu'à t'amuser.
Apprendre à t'amuser : c'est vital pour nous deux que tu t'amuses ! Amuse-toi. Détends-toi.
Après six mois, tu passeras un examen... Et si tu es reçu, c'est que tu te seras bien amusé, que ton moral aura changé et que tu pourras enfin surmonter l'inactivité, et rentrer à ton foyer sans démoraliser tout le quartier ».
(à Nicolas :)

Qu'est-ce que vous en pensez ? Un examen, c'est terrible. Je ne sais pas m'amuser... Est-ce que je vais y arriver ?...
Où vous allez ?... Qu'est-ce que vous en pensez ?

Nicolas
Rien, je m'en fous !
J'en ai marre... Vous n'arrêtez pas !
C'est insupportable ! A moi, pourquoi à moi ?
J'étais député et c'était déjà pareil ! On n'arrêtait pas de me faire chier ! Tous mes concitoyens !
Des histoires de plombier, de cabinets qui avaient débordé...

(Il montre sa tête).

La connerie est inscrite là... indélébile ! Ça va pas recommencer ! Pendant sept années j'ai écouté les logorrhées d'une bande de trous du cul qui me prenaient pour leur avocat, leur médecin ! J'ai perdu sept années... J'ai oublié Stéphanie ! Tout ça parce que j'étais passionné à l'idée de donner une vie décente à des gens qui aux dernières élections ont voté pour l'opposition !
Quand je me suis retrouvé sur le pavé, j'étais écœuré mais libéré ! J'ai couru vers Stéphanie, j'ai voulu que notre vie redevienne ce qu'elle était ! Mais il était trop tard ! Je lui parlais... Ça n'a plus jamais été comme avant ! J'ai tout essayé ! Maintenant, elle est partie... Et c'est le vide !!
Je retourne dans tous les lieux où nous avons été... J'appelle la nuit à tous les numéros qu'on m'a donnés... J'essaye de découvrir la maison, la rue où elle a bien pu se cacher... J'essaye de la retenir, de me souvenir... de comprendre pourquoi tout s'est abîmé à ce point-là... Je n'y arrive pas !
Tous les jours davantage elle s'éloigne de moi !
J'ai tellement de remords et d'amertume !
Et quand je pense l'avoir enfin retrouvée...

(Il se prend la tête dans les mains)

le moindre courant d'air qui s'engouffre dans ma tête l'a fait s'en aller !

(Il crie :)

J'ai froid, c'est infernal ! Fermez les fenêtres !

(Il tombe assis).

C'est la chienlit, ma vie !

(Un temps).

D'abord, qui est-ce qui dirige ici ?...
Je voudrais bien savoir à qui m'adresser. Il n'y a pas de réception ! Et le concierge, où est le concierge ? Et les clés ?
C'est très mal administré, c'est la chienlit !
Les belles promesses, la chambre sur la Dordogne !

(Il ricane)

D'abord, la Dordogne, est-ce qu'elle existe ?
On a foutu les fenêtres à six mètres de hauteur...
Qu'est-ce qu'il y a derrière ? C'est peut-être l'usine à gaz... Tout est possible !
Avec toutes ces odeurs et tous ces trains qui n'arrêtent pas de circuler, et ces fumées...
Pas un petit café pour se réchauffer. Avec ça, j'ai faim !
Ce serait décent de me servir dans ma chambre, surtout aujourd'hui. Du poulet avec un peu de salade, une compote... le jour de mon arrivée, c'est pas trop demander ! J'aurais bien été au réfectoire, mais je ne sais pas où il est, et les couloirs sont noirs de monde.
De toute façon, il faut un ticket de cantine : je ne l'ai pas. Je n'ai pas le plan des lieux. Je n'ai pas le nom du pavillon. Ni le numéro de ma chambre...
Je n'ai rien ! Et personne n'est là pour me renseigner.
Et j'ai horreur de perdre mon temps.
Je suis ici pour me reposer !
Il y a bien une bibliothèque, des livres ? Je voudrais me détendre, lire, écrire. Oublier. Réfléchir !

Pendant cette scène, Marcel et Dudu ont disparu.

Cette conversation a tellement ennuyé Georges qu'il s'est éloigné.

Un dernier couple harassé traverse la scène en dansant.

Nicolas *(leur faisant signe)*
Eh, messieurs, s'il vous plaît ?...

Mais sans l'écouter, ils sortent.

Il ne reste plus que Nicolas, et plus loin, Georges, qui le regarde.

— Temps.

Georges
On a tous des problèmes, hein ? On aimerait bien que les autres s'intéressent un peu... On n'y arrive pas vraiment.

Nicolas est toujours immobile, l'œil absent.
Georges se rapproche de lui, on sent qu'il a envie de parler.
Il n'ose pas vraiment.

— Un temps.

Georges
Moi j'ai tété... jusqu'à l'âge de trois ans...
Il paraît que c'est très rare !
Mon père était jaloux, il me traitait de monstre, de voleur... je ne sais plus ! Je tétais, mais tout crispé !
Et vers quatre ans, quand j'ai commencé les bouillies...

Nicolas s'éloigne. On sent qu'il va s'arracher les cheveux.
Georges le suit.

Ça ne m'a pas plus. Et à partir de ce jour-là, plus rien ne m'a vraiment plu.
(Il l'agrippe par la manche).

Je m'ennuyais ! A cinquante ans, ça a été effrayant !
Je dépérissais ?

Nicolas s'arrache de Georges. Il lui fout des coups, il n'en peut plus, il se sauve.
Georges, affolé de se retrouver seul avec sa vue basse, tâtonne.
Ses yeux de poisson affolé font le tour de la scène.

Les autres, assis sur l'escalier, regardent.
De temps à autre, ils accordent leurs instruments.

Georges *(à la cantonade)*
C'est à cette époque-là que je me suis mis à avoir peur des maladies... le cancer, et tout ça...

Silence.

Il paraît que la moyenne de vie d'un homme est, à l'heure actuelle, inférieure de huit ans à celle d'une femme.
Depuis que je sais ça, je ne perds plus Georgina des yeux.
Je trouve qu'elle baisse... Alors je m'inquiète, c'est normal...
(Il retombe sur Nicolas).

Vous n'écoutez pas vraiment quand on vous parle !

Nicolas
Stéphanie vit maintenant dans un port que je ne connais pas. Elle fait un métier, et elle voit des gens qui sont d'un milieu professionnel et social que je ne connais pas !
Quand je pense à elle, à présent, je ne sais plus à quelles images m'accrocher !

Georges
Moi...

Nicolas
Hier matin, mon revolver était sur la table de nuit.
J'ai approché le canon de son oreiller et j'ai tiré.
Je n'ai pas eu le courage de tirer une deuxième fois.
C'est la peur du jour ou de la vie qui faisait dormir Stéphanie la tête sous l'oreiller.
Son oreiller représentait un bébé cheval.
J'ai tiré dans l'œil du cheval, il y a eu un bruit sourd.
Et puis j'ai attendu qu'il se passe quelque chose, mais rien. Tout était comme avant.
Il y a seulement eu, après, une drôle d'odeur de roussi dans la chambre.

Georges a retiré ses lunettes.
Il essuie consciencieusement les verres.

Vous êtes Georges, le mari de Georgina. Je vous reconnais.
Vous avez beaucoup vieilli... C'est drôle de se retrouver ici...

Georges
Georgina est en vacances. J'ai reçu une carte de Biarritz.

Nicolas
Ce n'est pas vous qui pleuriez cette nuit ?

Georges lève la tête.
Il regarde Nicolas de ses yeux de poisson mort.

Soudain, le Kyrie du *Requiem* de Verdi éclate à toute force. Voix de contralto, baryton et basse.

Nicolas et Georges écoutent médusés.

Puis brusquement, c'est le silence.

On entend le bruit d'une baguette sur un pupitre.

Puis une voix de femme demande :

Voix de Femme *(off)*
Où est Georges ?

Blanches *(off)*
Georges... C'est à vous !

Georges *(sursautant)*
J'en ai marre... On me force toujours à chanter !
(à Nicolas :)
Vous lui direz que j'ai un chat.

Et Georges sort à tâtons.

Entre Blanche.
Elle est très belle. C'et la femme dont on rêve à tous les âges.
Elle a de grands cheveux noirs et une rose rouge épinglée sur sa robe noire.
Elle est suivie par une classe de musique débordante de prévenance, de tendresse et d'amour.

Blanche
Georges !... Où êtes-vous ?

Elle aperçoit Nicolas. Elle s'approche de lui.

Qui est-tu, toi ?

Nicolas
Je suis arrivé cette nuit. Personne ne s'est occupé de moi. Alors je me suis assis là et j'ai essayé de dormir... Mais tout le monde entre et sort, il y a des courants d'air insupportables... Je débarque et tout le monde s'en fout !

Blanche
C'est vrai, tu es pâle.

Nicolas
Depuis deux ans je ne dors plus la nuit.
Alors Stéphanie — c'est ma femme — s'est inquiétée.
Bien qu'elle n'ait plus de raison de s'inquiéter...
Je veux dire : elle n'est plus ma femme... Bon, alors, elle a choisi cet endroit pour son calme et sa tranquillité.

Blanche
Elle a bien fait.

Nicolas
Oui, si on veut. Quand j'étais enfant je dormais tranquillement. Je me couchais en crabe et je me réveillais douze heures plus tard...
On m'appelait le Dormeur..

Blanche *(souriante)*
Et tu t'appelles comment, Dormeur ?

Nicolas
Duval.

Blanche
Le dormeur Duval ?

Nicolas
Vous avez entendu parler de moi ?

Blanche
Ma famille avait un magasin de musique à Poitiers.

Nicolas
Non... je voulais dire, ici... Vous avez ?...
(réalisant, très heureux :)
Poitiers ?... J'ai adoré Poitiers ! J'y ai été professeur d'histoire à l'université !

Blanche *(avec un drôle de sourire)*
On s'est peut-être déjà rencontré.

Nicolas
Comment vous appelez-vous ?

Blanche
Petite, on m'appelait Séraphine. Plus tard, à l'université, Gabrielle. Et jusqu'à la fin mon mari m'a appelée « Mon ange ».

Nicolas *(cherchant)*
J'ai l'impression de vous avoir déjà rencontrée. Vous n'avez pas eu un autre nom ?

Dudu *(râlant)*
Amélie, on s'ennuie !

Marcel *(idem)*
Camille on prend racine !

Gaston *(au vieux)*
J'adore Marguerite avec son cou de nébuleuse.

Jacques
Marie est pleine de grâce !

Nicolas *(riant)*
En voilà des noms !

Blanche
Des noms gravés au fond de leur cœur. Ils m'en affublent car ils ne peuvent pas s'en débarrasser !...

Nicolas *(fouillant dans ses poches)*
Moi aussi, j'en ai un... Je l'avais inscrit sur sa photo... Mais cette nuit elle s'est envolée sous un pont...
(souriant :)
Maintenant que Stéphanie est partie, les choses me quittent et s'échappent de moi. J'ai l'impression d'avoir soixante-dix ans !

Marcel
Camille ! On attend !

Blanche et Nicolas se regardent
— Un temps.

Nicolas *(grave)*
Je suis heureux que vous soyez ici.

Blanche tend sa main à Nicolas. Il la prend et la garde.

Blanche
Pour toi je serai Stéphanie.

— Un temps.

Nicolas
Cette nuit je n'ai rencontré personne qui s'intéresse à moi.

Blanche
Maintenant je serais là. L'hiver se passera bien.

Marcel *(excédé)*
J'en ai marre ! On perd un temps ici !

Nicolas
Il râle sans arrêt celui-là !

Blanche *(riant)*
C'est Grincheux !

Dudu *(docte)*
Amélie ne pense qu'à l'amour !

Blanche lâche la main de Nicolas.

Blanche *(riant, montrant Dudu)*
Lui, c'est Prof.

Nicolas *(riant)*
Alors... tu es Blanche-Neige ?

Blanche *(heureuse)*
Blanche ?... On ne m'appelle plus comme ça depuis des années !
J'ai été « Blanche » toute mon enfance.
Blanche !... de la cave au grenier, Blanche !...
Dans la boutique de mes parents, au milieu de toutes les musiques du monde, qui s'élevaient en une cacophonie formidable !
La voix de ma mère : « Blanche... Blanche... Ecoute, Blanche !... »
Nicolas, je m'appelle Blanche.

Nicolas se touche le cœur.
Blanche lui sourit.

Si cette nuit, le crabe vient te tordre le cœur, appelle-moi quand même Stéphanie ! Je serai Stéphanie, pour toi, toute la nuit !

Le vieux *(s'en allant)*
Elisabeth, nous partons.

Blanche
J'arrive ! Allons, allons !!
(Elle tape dans se mains. Elle s'approche de Nicolas. Elle lui sourit, tendre :)
Dormeur...
(Elle lui caresse la joue. A la cantonade :)
On reprend !
(à Nicolas :)
Quand tu verras Georges, dis-lui que je l'attends.

Nicolas *(affolé)*
Vous n'allez pas partir ?
On se connaît à peine et vous partez déjà !...

Mais Blanche ne l'entend plus... Elle sort, majestueuse. Elle est entourée de la classe, respectueuse, et admirative.
Nicolas reste seul en scène.
On entend le *Don Juan* de Mozart.

Puis Georges entre en scène. Il tâtonne. Ses lunettes à triples foyers lui donnent une allure de poisson-chat. Il se parle tout seul. Il gesticule. Et se cogne dans Nicolas.

Nicolas *(furieux)*
Regardez où vous marchez !

Georges
J'ai le vendre tout spasmé, dur, on dirait une pierre !
J'avais du spasmobyl dans mon petit sac...

Nicolas
Oh ! ça suffit !

Georges
Qui me parle ?
(Il palpe le visage de Nicolas)

Nicolas *(agacé)*
Arrêtez ! C'est moi, Nicolas Duval !
Ecoutez, vous n'avez pas une couverture, un édredon à me prêter, je crève de froid !

Soudain éclate à nouveau le *Requiem* de la messe de Verdi.
Blanche, Dudu, Marcel et les autres ont des voix magnifiques.

Nicolas écoute, médusé.
Georges marche de long en large.

Puis soudain, au même endroit que précédemment, ils arrêtent.

Nicolas
Quelle voix ! Quel charme !

Georges *(au comble de l'énervement)*
Toujours cette messe de Requiem !...
Ca fait un mois que ça dure !
Et ils arrêtent toujours au même endroit !

Nicolas
Pourquoi est-ce qu'ils s'arrêtent comme ça ?

Georges
Parce que c'est à moi de chanter !...
C'est insupportable : ils ne peuvent pas continuer sans moi !

Nicolas *(énervé)*
Eh bien, allez ! Foutez-moi la paix !

Georges *(ulcéré)*
Je ne peux pas ! J'ai peur !
Chanter en solo, ça me rend malade ! Moi, j'ai peur de tout, ce n'est pas ma faute !
Je suis né comme ça.

Nicolas *(excédé)*
Georges, Ça suffit ! Ça fait vingt ans que vous n'arrêter pas de me raconter n'importe quoi ! Et de mentir en plus !
Qu'est-ce que vous disiez tout à l'heure ?...
« Le Député m'a viré ! » Moi je vous ai viré ?! Mon conseiller était un pauvre malade, je l'ai envoyé se faire soigner !

Vingt ans à mes côtés ! Vous aviez tout pour être heureux !

Moi, mon objectif, c'était la France !...
Mais vous, la France, après dix heures du soir, c'était plus votre problème !...
On vous entendait bailler dans toute la Chambre des députés ! Je vous empoignais, je vous secouais !...
Ça me mettait dans une rage !
Un jour, je vous ai filé une dérouillée comme deux vieux amis peuvent se les donner !...
Et le lendemain vous avez tout raconté dans la presse !
En première page ! « Le Député de la Mayenne me réveille à coups de pieds dans le ventre !
Je souffre à en crever !... Et je ne peux même pas me faire soigner !... mon médecin est parti avec ma femme !
Ils font le Paris-Dakar ».
C'était, *France-Dimanche* au Palais Bourbon !

Il baille

Nicolas
Quelle honte !
Je n'en pouvais plus !
Arrêtez de tourner, c'est effrayant !

Il tombe assis.

Il s'étire de tout son long sur le sol.

Ça fait trois nuits que je ne dors plus !

Georges *(tournant en gesticulant)*
Moi non plus cette nuit, *je n'en pouvais plus* !
J'ai été dans les cuisines, et je me suis enfermé dans la chambre froide ! Et le premier bœuf que j'ai croisé, j'ai commencé à lui tailler une petite bavette.
(Il ricane et sort de sa veste un grand couteau à découper qu'il fait tournoyer autour de Nicolas, consterné).
Je ne voyais pas très clair, mais pour ce que je lui racontais, ça suffisait !
(Il ricane tant qu'il peut. Les autres, qui venaient d'entrer, se cachent, affolés).

Georges
Quand soudain... Crac ! Noir complet ! Je ne vois plus rien !
Demi tour à gauche... Floc, la gueule dans la viande !
Demi tour à droite... Floc, la gueule dans la viande !
Je savais plus où j'étais !

De partout, des têtes écoutent, affolées.

Alors, j'ai reculé, et je suis dégringolé dans une cuve pleine d'abats, de foies, d'intestins ! Je voulais nager, et plus je nageais, plus je m'enfonçais !
Le sang me sortait des yeux, du nez, de la bouche !
Le premier type que j'ai croisé... s'est mis à pisser, sous lui, comme ça, sans arrêter !
A m'éclabousser !
J'étais dégoûté ! Pour l'arrêter, j'ai levé mon couteau à découper !...
Il hurlait, il hurlait !... Moi je me marrais !
Alors, tout l'escalier s'est réveillé ! Vos lumières se sont allumées ! Et j'ai reconnu... Devinez qui ?...

Marcel *(hurlant)*
Qu'est-ce qu'il dit ?

Du haut de l'escalier, Marcel saisit une corde qui pendait là, et tel Tarzan il se laisse tomber sur Georges. Il le prend au collet, il le bouscule. Il le chevauche en hurlant et en le secouant.

Qu'est-ce qu'il dit ?... Qu'est-ce qu'il dit ?
Qu'est-ce qu'il dit ??!!!

Georges *(affolé)*
Au secours !

Marcel *(hurlant et secouant)*
Menteur !... Crétin !... Nombrilique ! Dégénéré !

Blanche *(furieuse)*
Réagissez, Georges, voyons !

Marcel *(hurlant)*
J'ai jamais eu peur de personne ! Personne !
Même à l'orphelinat ! Nulle part !!
Et si je mouillais encore mon lit à douze ans, c'était à cause de la mauvaise qualité des couches !
Et pas parce que j'avais peur du noir !
Sœur Angèle mentait ! Georges ment !
Tous ceux qui diront que j'ai eu peur...
(Il relève Georges en le tenant au collet, le fait reculer)
Je les attends dans le couloir d'en face !
(Il projette Georges dans le grand fauteuil)
Il n'y a pas un connard dans cet établissement qui ne sache pas que je suis...

Jacques *(braillant)*
Un trouillard !

Marcel se tourne lentement vers Jacques.

Marcel
Qu'est-ce que tu as dit ?
(Il lui prend le nez. Il le tord).

Jacques
Au secours ! Au secours !

Marcel *(ricanant)*
Les jeunes, il répètent toujours deux fois la même chose !

Jacques *(hurlant)*
Lâchez-moi !

Marcel *(rigolant)*
Ils réclament toujours quelque chose !
(Il le secoue comme un hystérique).
C'est notre place que vous voulez ? Nous foutre à la retraite anticipée ? Nous faire crever ? C'est ça que vous voulez, hein ?
Et à la vieille, qu'est-ce que vous lui réclamiez, à la vieille, hein ?... Qu'est-ce que vous lui réclamiez ?

Jacques *(braillant)*
Quelle vieille ? Je ne sais pas de quoi vous parlez !

Blanche
Marcel, ça suffit ! Calmez-vous !

Blanche saisit d'une main le fond de pantalon de Jacques. Et le traînant derrière elle, l'éloigne de la zone du combat.

Marcel *(poursuivant Jacques qui s'éloigne à reculons)*
Les jeunes, les jeunes, c'est effrayant, on ne parle plus que de ça ! On s'intéresse plus qu'à ça ! Mais les jeunes sont bons à rien !
Faut le dire ! Faut que ça se sache ! Ils veulent pas travailler. Ils veulent que s'amuser !
(Aux autres :)
Une vieille qui passe, ça c'est amusant !
Ils en avaient coincé une contre la vitrine des Galeries, je m'en souviens. C'était en 75. J'étais de faction ce soir-là ! Ils l'entouraient : « Tu gueules tout ce qui est vieux est con, ou tu passes à la casserole ! »
(Ils entourent Marcel, passionnés).
Et ils faisaient mine de se déculotter...
Et elle, affolée, hurlait comme une chèvre :
« Tout ce qui est vieux est con ! »
Moi, sympa, j'disais rien.

Alors les jeunes, ils se sont débraguettés et ils ont commencé à pisser en me regardant !
Les fumiers !
Ça a pas fait long feu !
En voyant la vitrine derrière eux, dans ma tête... quelque chose a fait tilt ! Et j'ai tiré tout le chargeur dans la vitrine !

Nicolas s'est levé brusquement. Il est pâle comme la mort.

Marcel *(content de lui)*
J'avais déjà fait ça, en Algérie... il y a des années, à un jeune, un fumier, qui démoralisait l'armée...

Nicolas se précipite sur Marcel. Il le retourne.
Il le regarde, effaré.

(Marcel ricane)
Dans le haut ! Pour faire peur, pas pour faire mal ! Je fais peur. Je fais pas mal ! Et ce n'est pas ma faute si la vitre en tombant en a fait de la charpie, de la vieille, des jeunes ! Des lambeaux !!
Des petits morceaux, découpés en tranche !
Quand on a voulu les rassembler chacun dans sa boîte, ils ont tous eu un bout de la vieille, en prime !
Et la vieille, elle a eu des jambes de jeunes, ça c'est sûr ! Comme a dit le chef : « Ça lui permettra d'aller plus vite au ciel ! »
Moi j'ai pensé, si elle les avait eues plus tôt, les jambes... si les grands chefs, là-haut (*il les montre*) les Patrons, ils donnaient pas tout ce qui est jeune aux jeunes, et vieux aux vieux, on s'en sortirait mieux dans la vie. Et la vieille, elle se serait barrée vite fait ! Et moi j'aurais jamais été là au petit matin, dans la cour carrée de la caserne d'Ivry, tout seul, à l'aube.
Et les copains au garde-à-vous !
Et le clairon qui a sonné je ne sais plus quoi !
Et le chef qui s'est approché.
Et moi qui ai baissé la tête... J'ai bien cru qu'il allait me cogner ! Et lui qui a ricané... Qui m'a tendu la main en disant : « Merci, Marcel ».

J'étais éberlué. Alors il a dit : « Qu'est-ce que je viens de vous dire ? » J'ai répondu : « Vous venez de me remercier, Chef ».
Alors, il a eu un rictus et il dit : « Remercier ?... Licencié ! Limogé ! Bordel de merde ! Vous êtes un con ! Vous êtes nés Anderthal ! — voilà ce que vous êtes : un con d'Anderthal ! »
Il m'a arraché ma fourragère et des trucs qui pendaient sur ma poitrine, et puis il a parlé... il a parlé...
J'avais jamais entendu des choses pareilles...
Mes muscles se sont relâchés et ma mâchoire s'est mise à pendre — ma bouche s'est ouverte, comme ça...
(il le fait) toute molle... Impossible de la refermer.

Et plus il parlait, le chef, plus je me disais :
« Si tu réagis pas, Marcel, c'est la honte devant la France, les copains ! »

Et puis, j'ai vu leurs yeux à tous...
(il ferme les siens)
J'avais la bouche ouverte, toute molle, et je bavais ! Je respirais plus, et je pouvais plus arrêter de baver.

Ils le regardent tous, écœurés.
Blanche a un petit sourire indulgent. Elle caresse doucement la tête de Jacques.
Assis dans le grand fauteuil, Nicolas, l'œil immobile, se couvre la tête d'un édredon immense, dans lequel il disparaît. Soudain, on entend une longue sonnerie. Tous se lèvent et s'éloignent

Marcel *(pleurnichant)*
J'ai tout donné à la France, je suis resté fidèle !
Fidèle, malgré les hauts et les bas ! La police, j'y étais déjà en 43...

Marcel se lève également, tout en maugréant, il se déshabille.
Il remplace son costume par une sorte de collant noir qu'il a trouvé sur une des marches.

Marcel
Et j'en ai vu... des races et des couleurs !
Des ennemis de la France ! Je tapais, je cognais !
L'ordre régnait ! C'était mon devoir.
Après la guerre, c'étaient plus les mêmes qui commandaient ! C'était même le contraire...

Alors j'ai retapé et recogné ! Et l'ordre a régné.
C'était mon devoir.
Et c'est seulement maintenant que je suis remercié !
Renvoyé, sans indemnité, pour mes brutalités... après trente ans !

Marcel, qui s'habillait dos au public, se retourne.

Son corps est maintenant tout noir. Et sa tête est recouverte d'un masque représentant un vieil oiseau baveux.

Alors que maintenant je ne suis même plus capable de brutalités comme avant !... Que je vieillis, et que je ne peux plus me reconvertir !

La lumière baisse imperceptiblement.

A ce moment, Gaston, Jacques, Georges, Dudu et le vieux se retournent.

Ils se sont également changés.
Ils ont tous des têtes d'oiseaux cauchemardesques.

Ils restent immobiles à fixer Marcel de leurs yeux perçants.

Nicolas les regarde comme on vit un cauchemar.

Blanche ne réagit pas.

Marcel
Je hais les pétochards de cabinets !
Si je suis recalé à cet examen, remercié encore une fois !
Eh bien c'est qu'elle est pourrie la société ! Et j'irai ailleurs... plus loin !
(Il remonte les marches de l'escalier)

Chercher à me battre, me défoncer pour une société qui défend les libertés !

Et il s'assoit sur la plus haute marche. L'œil fixe et le bec en avant.

Après un moment, tous les autres personnages se déplacent lentement vers Nicolas.
Ils l'entourent amicalement.
Ils frottent leurs becs ignobles contre lui.
Nicolas est ailleurs...

Blanche *(gaiement)*
Allons, allons, réagissons !
Ne restons pas inoccupés ! Il faut chanter, danser, rire, s'amuser !
A quoi va-t-on pouvoir jouer avec les têtes que vous avez ?
(Elle rit).

Nicolas se lève brusquement.

Nicolas *(excédé)*
Laissez-moi respirer !
(Il les repousse)
Dès qu'il y a une mouche à merde, c'est sur moi qu'elle se pose !

Ils se regardent tous. Blessés.

Ils se prennent par la main.

Nicolas *(à Blanche)*
Ils vont tourner... Vous allez voir qu'ils vont tourner !
(Ils tournent en baissant la tête).
Ces types n'arrêtent pas de tourner en rond !

Blanche *(souriant)*
Sur cette planète, on tourne tous en rond, Nicolas, c'est fatal !...
Laisse-les tourner. Regarde, ils se tiennent par la main, et la chaleur de l'autre leur fait du bien !
(Tout en tournant, ils sourient à Blanche de toutes leurs dents).
Tu vois comme ils sont heureux avec leurs petits sourires à fleurs de poubelles.
(Blanche s'éloigne).

Nicolas
Restez !
(Il hurle :)
Le temps que je m'habitue !... Je ne peux plus vivre ici ! J'ai froid ! J'ai chaud ! J'ai mal aux dents... Les courants d'air sont horribles !!!

(Soudain hors de lui :)

Ces types qui tournent en rond... Dites-leur d'arrêter ou je vais hurler !

On entend l'orage. Un éclair illumine l'antichambre.
Blanche pose ses mains sur la tête de Nicolas.

Elle regarde les autres.
Ils arrêtent de tourner.
Ils s'accroupissent en rond.
Ils chuchotent en regardant Nicolas.
Nicolas se calme.
On n'entend plus que la pluie qui tombe.

— Un temps.

Nicolas

Si j'ai mal aux dents, c'est que je pense encore à Stéphanie ! Depuis deux ans, déjà ! Je la vois quand même une fois par mois chez des amis.
C'est peu, mais c'est bien. Je m'arrange...
Il faut bien.
Et hier soir, en regardant le train de Bayonne qui s'en allait, le nez contre la vitre, en entendant tous ces gens qui riaient, qui montraient Stéphanie qui pleurait... Je me suis demandé pourquoi Stéphanie pouvait-elle bien pleurer ? Si elle ne m'aimait plus, pourquoi pleurait-elle quand je m'en allais ?
J'ai pensé à ça longtemps en regardant les wagons défiler... après je me suis endormi. Et j'ai rêvé que j'étais seul dans un train qui roulait à grande vitesse, la nuit, en sifflant sans arrêt. Et je dormais.

On entend comme un bruit de train sur ses rails.

Et puis quelqu'un est entré dans le compartiment et s'est assis à côté de moi. J'ai entrouvert les yeux.
J'ai vu une valise et des mains de femme posées à plat dessus, des mains avec des bagues très lourdes à chaque doigt. J'ai refermé les yeux. Un parfum étrange envahissait le compartiment.
Je me sentais bien et prêt à me rendormir.
J'avais envie de connaître la femme, mais j'avais peur de m'éveiller. Puis je l'ai entendu ouvrir la valise, et une odeur affreuse m'a envahi.

La femme, un couteau à la main, découpait un morceau de munster pourri qu'elle étalait sur du pain noir. Elle rigolait : « Mon amour est terminé ! Il n'a produit que de la merde ! Dix années de merde entassées ! » Elle me montrait l'intérieur de la valise : « Regardez, monsieur, pour retrouver mon énergie perdue, je me goinfre des déchets laissés par dix années d'amour raté ! » Et elle riait, et son rire me terrifiait.
J'ai regardé son visage, il était beau. Ses yeux étaient tristes.
J'ai reconnu ses cheveux rouges et ses yeux verts. Et je me suis dit : «Tiens, j'ai encore rêvé de Stéphanie... »

Blanche caresse Nicolas.
Puis elle lui prend la tête et le regarde longuement.

Blanche
Ne ferme pas les yeux...
Je la vois...
Elle me regarde... elle se demande... cette brune-là, je ne la connais pas ?...
Elle est vraiment belle !...
Mon Dieu, Nicolas, Stéphanie était belle comme ça !
C'était comment la première fois ?...

Nicolas
J'étais allé passer une semaine chez des amis.
La maison était pleine, je dormais dans la cuisine.
Déjà à cette époque, je dormais mal.
Mais cette nuit-là, j'étais tranquille. Par la fenêtre ouverte, avec le vent de la mer, j'entendais les peupliers se courber, s'entrecroiser dans un mouvement et un bruissement réguliers, et je sentais que j'allais me rendormir.

Et puis l'eau a coulé sur l'évier, à côté de mon lit.
J'ai entendu boire, je ne voyais pas qui était là.
Quelque chose a bougé et j'ai vu une forme devant la fenêtre, qui regardait la nuit.
Et puis je l'ai entendue se diriger vers la sortie.
Et là, dans l'ombre, le long de mon lit, elle s'est arrêtée.
Ça a duré longtemps... Longtemps.
Je n'osais parler de peur de l'effaroucher.

Et soudain j'eus le besoin, l'envie de tendre ma main dans la direction du noir. Je faillis crier : une main était là ! A longueur de mon bras, tendue vers moi.
Elle attendait.
J'ai touché cette main, je l'ai prise dans ma main.
Elle ne s'est pas dérobée. Et nous sommes restés un long moment comme cela.
Immobiles.
Alors je l'ai attirée vers moi et elle m'a suivi...
En passant devant la fenêtre, j'ai vu qu'elle avait de longs cheveux rouges.
Elle s'est assise au bord du lit.
Et nous sommes restés ainsi, longtemps, l'un contre l'autre. Je l'entendais respirer. Et puis...

Blanche embrasse longuement Nicolas.
Les yeux de Nicolas se ferment. Sa tête se penche.
Et il s'endort.

Blanche *(avec un sourire tendre)*
Dors, Nicolas au peuplier dormant !

Et Blanche, de sa baguette de chef de la chorale, touche le front de Nicolas.
Comme par magie, au même instant, une brume épaisse monte du sol et entoure Blanche qui disparaît à notre vue.

Tout petit dans son grand fauteuil, nous apercevons toujours Nicolas qui dort.
Soudain il ouvre les yeux. Il regarde ce qui l'entoure.
Il paraît étonné, inquiet.

Il marche à tâtons dans le brouillard. Des ombres passent à ses côtés.
Elles ont des becs d'oiseaux, des formes bizarres et grotesques.
Elles font des taches vertes, rouges et jaunes dans la brume.

Ces formes ont des lances à la main. A l'extrémité, il y a un fanion sur lequel est inscrit Gaston — Jacques — Georges — Marcel — André et le vieux.
Les ombres se cherchent et s'appellent : Ohé — Ohé... Où êtes-vous ?... Ici Marcel. André, êtes-vous là ?... J'ai peur ! Quelle tête j'ai ?... Je voudrais bien savoir la tête que j'ai ?... Comment je suis ? Comment me trouvez-vous, je suis pas trop moche ? J'ai perdu mon écharpe rouge !
Sur la plus haute marche de l'escalier, Gaston chante : « Là-haut sur la montagne... »

Nicolas avance à tâtons.
Une ombre ignoble lui tourne autour (Marcel).
Nicolas l'évite, et se cogne dans Georges.

Georges
Vous n'avez pas rencontré un cache-nez rouge ?
(Il se touche le bec)
On me l'a piqué !
Ces séances de masques me donnent la fièvre.
C'est une thérapie nouvelle. On doit s'habituer aux gueules qu'on aura bientôt...
Moi, ça me démolit le cerveau... *(il éternue)* le moral.

Nicolas veut s'en aller.

Comment je suis ? Comment me trouvez-vous ?... Je suis pas trop moche ?...
(suppliant :)
vous n'avez pas une petite cuillère que je me regarde ?

Nicolas
Une quoi ?

Georges
Une cuillère ! La direction a cassé tous les miroirs.
On a peur des suicides !
(Il s'éloigne, hagard)
Même les cuillères ont disparu du réfectoire...

Nicolas *(appelant)*
Georges !

Georges s'arrête.

Cette voix... C'est toi, Georges ?
(Il lui palpe sa gueule ignoble)
C'est bien Georges. Je suis heureux, Georges, de te retrouver. J'ai pensé à toi souvent, tu sais ! C'est bon d'être à nouveau ensemble comme autrefois.

Il prend Georges par le bras. Ils regardent la fumée courir le long du sol.

Tu te souviens les bords du Loir ? Le brouillard qu'il y avait ?
Et le petit hôtel où nous nous retrouvions tous les mois ?
Stéphanie, Georgina et toi. Et moi.
Et nos chambres glacées ? Et l'eau qui était gelée dans nos lavabos cassés ?
Et Stéphanie, contre moi dans ce lit défoncé.
Son amour, sa chaleur, et les mots qu'elle avait... et le calme... et son corps qui bougeait, et les heures qui sonnaient... et le sommeil que j'éloignais ?
C'était il y a vingt ans. Tu te souviens ?
Nous partions dans le brouillard du petit matin, la canne à pêche à la main.
Stéphanie avec mon grand ciré gris et ses bottes noires, qui récitait du Du Bellay... et ses cheveux rouges et ses yeux verts. Son rire qui éclatait...
Oh Georges, toutes ces heures, à jamais protégées du froid et de la solitude !

Georges
Moi, j'ai une douleur qui me transperce la gorge !
L'humidité a traversé mon Thermolactyl et coule le long de mon dos, dans les replis de mon ventre.
Je tousse. Je n'ai plus de mouchoirs !
Je suis fatigué !

Il hésite à s'asseoir

Je voudrais m'asseoir, mais c'est impossible, je suis en train de prendre ma température.

Et Georges s'éloigne à tâtons.
Il disparaît dans la brume.

Mais à quelques mètres de là, une ombre ignoble les observait.

Elle se plante face à Nicolas.
Elle le menace de son bec crochu.

Marcel
L'odeur des souvenirs est infecte !
Tout est infect ce matin !

Nicolas se détourne. Marcel le ramène face à lui.

Eh, je viens de te parler !

Nicolas s'en va.
Marcel le retient.
Nicolas se débat.

Nicolas
Laissez-moi !

Marcel *(riant)*
Puisque t'aimes les souvenirs... j'en ai un qui va te faire frémir.

Nicolas *(se débattant)*
Laissez-moi !

Marcel
Ça s'est passé à Alger, en 58 !

Nicolas met la tête dans ses mains.

Marcel
Un souvenir infect, avec Stéphanie !

Nicolas s'est figé.
Tous se sont approchés, inquiets. Ils les entourent.
Soudain Nicolas se jette sur Marcel. Il veut lui arracher son masque.

Dudu *(hurlant)*
Calme ! Du calme !

Gaston
Allons, du calme !

Ils retiennent tous Nicolas et Marcel.

Marcel *(hilare)*
Tu m'as reconnu ! Il m'a reconnu !
Loiseau, c'est moi ! Marcel Loiseau !
Policier à Alger pendant dix années !
Ah fumier ! Tu n'es plus prêt de m'oublier...
(Aux autres :)
Ecoutez. Ecoutez. On s'est connu à Alger...
Je vais vous raconter... approchez, approchez...
En dehors de moi, les acteurs du drame étaient : Nicolas Duval et sa petite amie, Stéphanie Loranger !
Ecoutez, écoutez !...

Ils les entourent tous.
Ils s'asseoient en rond pour écouter.
Nicolas seul est resté debout. Il est tétanisé.

Ça s'est passé à Alger. Un bel été à Alger !
Ah ! les parfums là-bas !...

Mais soudain Marcel aperçoit Dudu qui a sorti de sa poche une cuiller en fer blanc et qui essaye de se regarder dedans.

Marcel
C'est ma cuiller, fumier !
(Il se jette sur lui)

Dudu
Lâche-moi, ordure ! que je me regarde !

Ils se battent comme des chiens.
Dudu récupère sa cuiller et se sauve. Il monte l'escalier, s'accroupit.
Il se regarde dedans...
On le voit se tasser, en gémissant d'horreur.

Tous
Oh oh oh oh oh oh oh !...

Gaston *(hurlant)*
Tu n'avais pas le droit !

A partir de là, c'est l'anarchie.
Le vieux et Jacques fouillent leurs poches : ils en sortent également une cuiller de fer blanc.

Marcel arrache celle de Jacques.
Jacques hurle.
Le vieux hurle et tape sur Jacques.
Jacques sort une autre cuiller de sa poche et court s'accroupir auprès de Nicolas.
Ils s'accroupissent tous.

Et l'œil fixe, tels les singes du Jardin des Plantes, ils contemplent leur laideur.

Nicolas les regarde...

Là-haut, toute seule — calme et sereine — Blanche chante un motet de Haendel.

Une cuiller est tombée dans la bousculade.
Georges et Gaston se précipitent dessus... Gaston s'en saisit et se sauve.
Georges affolé, ne sachant comment se regarder va demander aide à Marcel et Dudu qui le menacent de leurs lances.

N'en pouvant plus d'énervement, Georges arrache la cuiller des mains de Gaston, et se sauve.
Gaston se met à rire comme un dingue et se tape sur les cuisses tout en fouillant dans ses poches.
Il en sort une autre cuiller.
Il s'accroupit.
Il se regarde en riant comme un malade.

Marcel *(pleure)*
Je suis ignoble, je suis une bête !
Je souffre comme elle !
(Il voit le regard de Nicolas. Il se détourne)
Personne ne doit jamais, jamais plus me regarder.

Georges *(les yeux fixés dans sa cuiller)*
On te regarde pas, Marcel...
On a assez à faire à se regarder.

Dudu *(idem)*
Le pire... n'est pas d'être laid... C'est d'être le plus laid !

Brusquement Marcel se lève. Il harangue le plafond.

Il tend son poing vers le ciel.

Marcel
Eh, vous, là-haut !... Arrêtez tout !
On peut plus le supporter !
Regardez un peu en bas !
On est de plus en plus moches !
Qu'est-ce qu'on a fait ?...
Pourquoi qu'on est punis ?
(Il trépigne)
C'est parce qu'on s'amuse pas assez ?
Répondez !!

Tous se précipitent vers le haut-parleur qui demeure silencieux.

Répondez !!

Marcel tape sur la baffle avec sa cuiller.
Tous frappent par terre avec la leur.

Marcel
Ecoutez toutes ces cloches, accroupies le nez dans leur cuiller, elles tintent vers vous !
(Ils attendent une réponse qui ne vient pas)

Répondez !... On a besoin de savoir !...
La bêtise qui nous entoure est si épaisse qu'on ne sait plus si elle émane de nous ou de notre existence !
(Il se met au garde-à-vous)

Vous tous qui dirigez, qui commandez !
Parlez-nous ! Expliquez-nous !...
Faites que nous comprenions quelque chose à tout ce que vous nous faites faire !... Aux pires choses et aux meilleures !...
J'ai servi pendant trente-cinq ans !
Maintenant je ne sers à rien, alors je pense !...
Empêchez-moi de penser !
Redonnez du service à ceux qui n'en ont plus... et ne nous laissez pas succomber à la démoralisation !

Jacques *(doucement)*
Amen !

Tous, immobiles, attendent avec anxiété.

Soudain une voix se fait entendre.

Voix *(appelant)*
Marcel !

Toutes les gueules d'oiseaux apeurés cherchent d'où vient la voix.
Et Nicolas apparaît. Il s'approche de Marcel.
Il lui arrache son masque.

Nicolas
Ça suffit maintenant. Continue l'histoire que tu avais commencée !
(Il jette le masque par terre)

Marcel tombe assis sur la marche.
Il est effondré.

Marcel
Qu'est-ce que je disais ?...
Ah oui... Alger.
(Il regarde Nicolas).

Prof d'histoire à l'université... Fumier !
Tu n'es pas prêt de m'oublier !
(Il se tourne vers les autres).

J'avais qu'un ami sur la terre. Un bon ami.
Un vrai camarade. Orphelin comme moi.
C'était André. Pendant deux ans on s'est pas quitté.
Que des affinités... Il disait : « Sur terre, il y a que des cons !... Qu'est-ce qu'on ferait sans l'armée ?...
L'armée... l'armée... Il en rêvait !
Ça l'avait subjugué !
Pour le cultiver, je l'ai fait entrer à l'université d'Alger.
Il a été l'élève à Duval !
Et là, tout a changé ! On pouvait plus lui parler...
Duval le fascinait !
Et puis la guerre d'Algérie est arrivée, et vous savez ce qu'il a fait André ?... Eh bien, il a déserté !
Quand la Sécurité l'a piqué, tabassé... Je l'entendais dans le bureau d'à-côté : « C'est le prof d'histoire qui nous a poussés... »
J'ai dit : « Le prof, je vais m'en occuper ! »
Et ils ont tous dit : « Il va rien en laisser ! »
Et c'est bien ce qui a failli arriver... Mais il s'était planqué ! Impossible de le dénicher !
Alors j'ai fait surveiller Stéphanie, sa bonne amie !
Pendant trois mois, elle a pas bougé... Et une nuit, enfin, elle a pas résisté... elle a été le retrouver...
(Il ricane).

Nous on y a été... Et vous allez voir ce qui est arrivé...
(Marcel regarde l'effet produit sur l'auditoire).

C'était à l'aube d'un mois de mai très chaud...
Je m'en souviens comme si j'y étais...

Nicolas s'affaisse en regardant Marcel.
Les autres enlèvent leurs masques et l'écoutent, passionnés.

Le ciel était rose. A nos pieds, il y avait la ville endormie.
On est arrivé dans une forêt de magnolias, glycine, je ne sais quoi... On se serait cru dans un botanique.
C'était... l'arrestation la plus parfumée que j'avais jamais opérée.
Un petit vent doux venait de la mer. Ça sentait bon.
On se sentait tout prêt à la compréhension.
La maison était là, au bord de l'eau.

Casqués et armés jusqu'aux dents, on est monté par la terrasse. Là-haut, la baie était éclairée.
Alors tous les vingt — on était vingt — on s'est approché, et on a collé notre nez.
On est resté comme ça, une heure, le nez collé, à regarder, fascinés.
Ils étaient nus, les fumiers !

Les autres écoutent, passionnés.

Nicolas a défait la bande de sa cheville et regarde le sang qui coule de sa blessure.

Lui, avait un oreiller posé sur sa figure, on le voyait pas bien. Elle, par contre, on la voyait bien.
Ce qui m'a fait quelque chose, c'est qu'en dormant on aurait dit qu'elle riait.
Elle avait la tête sur son ventre.
Ses bras lui entouraient la taille, et ses longs cheveux rouges s'éparpillaient sur lui...
Elle était belle à ne pas croire : même au cinéma j'en avais jamais vu des comme ça !
Lui, avait ses mains sur elle et, lentement, ses doigts la caressaient.
Le temps s'écoulait... et nous on regardait !
On se disait seulement : s'il continue, il va la réveiller !
Et puis ce qu'on craignait est arrivé. Elle a ouvert les yeux. On n'osait plus bouger.
On avait l'impression qu'elle nous avait repérés.
Et puis elle a tourné la tête et elle a regardé l'homme sous l'oreiller...
J'ai vu ses yeux verts, tellement verts ! D'une telle intensité ! On en était tous fascinés.
On pouvait plus se détacher !
Elle est restée comme ça longtemps, sans bouger, à le dévisager.
Et puis on a vu ses doigts à lui se plier, s'enfoncer dans ses cheveux rouges et l'attirer...
Elle a eu une sorte de frémissement...
Ça faisait mal ! On avait envie de crier...
Et soudain... j'ai vu ses lèvres... son sourire, ses petites dents sont apparues, et sa tête est descendue...
Alors j'ai hurlé... Tous ils se sont reculés.

Et j'ai tiré tout le chargeur du pistolet mitrailleur dans la baie vitrée, qui est dégringolée sur le lit dans un fracas effroyable !
Trois secondes après on était dans la chambre !
Le spectacle était quelque chose !...
La baie, en tombant, avait fait des ravages !
Leur sang pissait comme par un robinet ! Ils nous regardaient épouvantés.
On n'osait pas approcher... On les a levés...
C'était pas beau à voir !
Et puis après, les hommes se sont acharnés sur elle.
Je sais pas pourquoi ils étaient si énervés...
Lui, hurlait : « Stéphanie, Mélanie... » je ne sais plus quel nom c'était.
Et puis quand j'ai voulu la saisir pour l'emmener, il s'est jeté sur moi et on a dégringolé tout l'escalier !
Quand on est arrivé en bas, je savais plus ce qui était à lui, ce qui était à moi !

Marcel, assez content de son récit, regarde les autres.
Mais ils se sont tous détournés.
Ils regardent par terre.

Il a encore une cicatrice...

Mais l'histoire a déplu à tout le monde.
Gênés, ils s'éloignent en baissant la tête.
Nicolas reste seul.

Puis chacun retourne dans son coin, la tête basse.
Ils s'accroupissent.

— Un temps.

Gaston, pour détendre l'atmosphère, chante doucement, la bouche fermée : « Là-haut sur la montagne ».
Au bout de quelques secondes, tous l'imitent, même Marcel.

Ils chantent en canon.

Entre Blanche.
Elle apparaît tout en haut de l'escalier. Elle regarde le spectacle.
Puis, majestueuse, elle descend, en évitant les hommes accroupis qui chantent sur les marches.

Elle s'approche de Nicolas.
Elle s'asseoit près de lui.

Blanche
Moi, j'ai voulu vivre ma vie... et j'ai perdu mon mari.

Nicolas, étonné, se tourne vers elle.

Jacques *(comme un écho)*
Marie... Marie !

Georges
Georgina !

Dudu
Blanche !

Blanche se lève et, la tête tournée vers le haut, elle les regarde.

Le vieux
Fabienne, on chante.

Gaston
A capella.

Marcel
Pour oublier...

Gaston
Marcel...

Dudu
Son sale boulot...

Le vieux
Ses policiers...

Jacques
Les orangers, les citronniers d'Alger...

Georges
Et l'examen.

Marcel
Qui est pour cette nuit,

Dudu
ou pour demain...

Blanche *(très gaie)*
Allons, allons ! Réagissez. Il faut rire. S'exalter !
Il faut chanter quelque chose de gai.

Tous
Oh oui ! Oui Blanche !

Georges
Quelque chose de gai ? Bonne idée !

Blanche
Le *Requiem* de Fauré, est-ce que vous y avez pensé ?

Tous
Oh oui ! Bonne idée !

Georges *(grincheux)*
Ça y est, mes angoisses vont recommencer !

Dudu
C'est d'une grande gaieté !

Blanche
Pour être encore plus gais, nous allons retrouver les dortoirs dix et onze. Il y a de bons éléments parmi eux.

Dudu
Bonne idée !

Blanche
Mais ne vous disputez pas comme les autres fois.
Ce sont des garçons survoltés, mais très gentils.

Marcel *(renfrogné)*
S'ils font pas chier, ça pourra aller.

Ils sortent tous, allègres.

Nicolas reste seul.

Nicolas regarde la plaie de sa jambe.
Il a mis ses lunettes.
Il essaye d'enrouler la bande, elle est sale.
Il paraît s'inquiéter.

Il sort un pan de chemise de son pantalon.
Il découpe le bas pour faire une bande propre.

A ce moment, Georges apparaît. Il était caché derrière le baffle.
Il s'approche de Nicolas sans faire de bruit.
Il se hisse sur la chaise à côté de lui.
Il le regarde.

Nicolas lui jette un coup d'œil.
Georges lui sourit de toutes ses dents.

Nicolas essaye d'enrouler la bande autour de sa cheville. Il n'y arrive pas.
Georges se penche pour mieux voir.
Nicolas lui jette un coup d'œil agacé.

Georges
Vos yeux sont méchants.

Nicolas ne répond pas.
Il continue à enrouler la bande, mais elle se défait.
Il reste un moment immobile, et il abandonne.
Il s'appuie au dossier de la chaise et ferme les yeux.

— Un temps.

Georges
Permettez ?

Georges se saisit de la bande.
Il sort de sa poche deux ou trois petits flacons.
Il asperge la plaie.

Georges *(avec un petit sourire)*
Ce n'est pas là que vous avez mal, hein ?

Nicolas ne répond pas.
Georges enroule la bande autour de la cheville de Nicolas.

Vous vous souvenez de l'année où vous êtes arrivé à l'école Sainte Jeanne d'Arc ? C'était l'année où ma grand-mère nous a quittés... et nos canards aussi, pour suivre des cols-verts qui s'en allaient vers des contrées ensoleillées...
Je vous vois encore debout dans l'entrée...
Vous étiez très bien, avec votre cape et vos yeux noirs qui riaient tout le temps.
La maîtresse a dit : « Duval est un prince ! »
Et tout le monde vous a aimé. Moi aussi.
Tout le monde vous a toujours aimé.
Et les années ont passé. Moi, on m'a oublié.
Et vous, vous êtes devenu ce que vous avez été.

— Un temps.

Ils sont serrés l'un contre l'autre. Leurs jambes pendant dans le vide.

Si je vous parle aujourd'hui, c'est que maintenant, on est pareil, hein ?
(Il sourit).
Pour bien se comprendre, il faut faire des choses ensemble... hein ?

Georges sort une épingle à nourrice de sa veste et termine le pansement de Nicolas.

Georges est tout heureux. Il fait balloter ses jambes.

Nicolas fait balloter les siennes, mais d'énervement.

Georges remarque que leurs jambes ballotent en harmonie.
Il rit, content.

En revanche, Nicolas, s'en rendant compte, arrête de bouger les siennes.

Puis soudain... Nicolas ne peut s'empêcher de rire.

Georges, encouragé, rit très fort.

Georges
Quand vous riez, ça me rappelle la petite passerelle qui était pourrie, au bord du Loir... Vous vous souvenez ?... On était assis comme ça... quand la planche a craqué et que je suis dégringolé, hein ?... et que vous avez plongé ! Vous rigoliez !... L'eau était tiède, et on en a profité pour se baigner... On rigolait, on rigolait, vous vous souvenez ?
Et après, on a descendu le courant, une heure, en nageant. Les vaches nous regardaient !
On était bien, hein ?
Et il y avait Stéphanie et Georgina qui suivaient la rive en nous appelant !

Nicolas sourit. Georges également.

(Il soupire).
Un copain, c'est ce qui manque le plus !
Georgina me disait toujours : « Si tu pouvais te trouver un bon copain !... et... *(il rit)* et... un bon médecin » bien sûr ! On en revient toujours là.
A propos.... vous en connaissez pas un, par hasard ? Parce que... dans l'état où vous êtes, faut pas vous laisser déborder. La maladie, c'est bien gentil, mais faut pas la laisser prendre ses aises.
(Il rit).

Vous connaissez un médecin bien ?
(Insistant).

Répondez !
(Il rit).

C'est comme la recette du clafoutis alors ?
Mystère et boule de gomme...

Nicolas regarde ailleurs.

Je pense pas à moi en disant ça !... C'est juste pour savoir si vous êtes en de bonnes mains !

Nicolas ne répond pas.

Remarquez, il n'y a pas besoin d'être bien malin pour deviner ce que vous avez... il y a qu'à vous regarder !

Nicolas le regarde effaré.

Aaaaah ! Vous comprenez tout d'un coup ?...
Vous savez à quoi je fais allusion, hein ? A votre âge, c'est courant cette maladie.
(Il regarde Nicolas).

Cette pâleur soudaine... Vous êtes pâle ! Blafard même.

Nicolas baisse la tête.

(Georges s'énerve).
Alors cette adresse, vous la donnez ou vous la donnez pas ?

Nicolas se met à donner des coups de talons forcenés dans les pieds de sa chaise.

Cette nervosité tout d'un coup ! C'est incroyable !
C'est pas normal !

Nicolas se lève et se sauve.

Georges *(pleurnichant)*
Donnez-moi son adresse et on n'en parle plus !

Nicolas se bouche les oreilles.

(gueulant :)
Je veux un médecin ! Je veux être soigné, je veux quelqu'un à qui parler !... Je veux un contact, une petite chaleur ! J'avais des amis, j'ai plus rien ! J'ai même plus de médecin !
Le dernier que j'avais m'a quitté le mois dernier...
Il a préféré soigner les toubous en Centrafrique.
(Il se lève en titubant).
C'est terrible, cette maladie. Je n'intéresse plus personne ! Je suis une vieille guimbarde qui roule à plat... à plat...

Il s'éloigne.
Puis revient...
Il a oublié sa pharmacie. Il range ses petits flacons.

Nicolas
Tu n'es qu'un malade répugnant, tu me dégoûtes !
Tu ne penses qu'à toi !

Georges *(violent)*
Je pense à moi parce que personne n'y pense !
Si vous croyez que ça m'amuse ! J'aimerais tellement mieux aimer quelqu'un d'autre !

Nicolas
Fous le camp, tu me fais honte ! Tu es un affront pour tous les hommes. Pour leur courage !
Tu seras toujours tout seul.

Georges baisse la tête. Il tremblote.

Georges
Ça retombe toujours sur moi. C'est normal !
Vous dites rien à Marcel. Et pourtant il a voulu tuer Stéphanie, il a fourré ses sales mains sur elle...
Et vous dites rien !
Et pourtant vous disiez : « Je le tuerai ! »...
Et vous faites rien.
Vous souffrez et vous faites rien ! Vous êtes comme moi, monsieur... On est pareil !

Nicolas *(la tête dans les mains)*
Arrête !

Georges
Je vous aime bien, monsieur. Je vous juge pas.

Nicolas *(criant)*
Arrête ! Va-t'en ! Arrête !

Georges
Bien monsieur.

Nicolas
Comment Georgina a pu te supporter dix années !

Nicolas prend Georges par le bras et l'entraîne vers la sortie.

Georges *(criant)*
Georgina est en vacances à Biarritz.

Nicolas
Va-t'en !

Georges
Elle m'a quitté parce que sa mère...

Nicolas
Je connais l'histoire de Georgina.

Georges *(pleurant)*
Vous parlez tout le temps d'elle !

Nicolas
Georgina parlait tout le temps de toi !

Georges *(criant)*
Fallait pas écouter !

Nicolas
Comment ne pas écouter ! C'était des glapissements, des hurlements... Tu lui sortais de partout !
Elle t'adorait, te haïssait, te recherchait ! Parlait de mourir ! Elle était folle, folle, folle ! !
La dernière fois, elle est restée toute la nuit couchée les bras en croix sur le carrelage de pierre.

Soudain, avec une violence inouïe, Georges saisit Nicolas.

Georges
Mais qu'est-ce que vous racontez ? Vous rêvez ! Faut vous réveiller ! Georgina ne m'a jamais aimé ! De qui vous parlez ? C'était Stéphanie qui était couchée sur la pierre et qui hurlait ! Elle hurlait : « Emmène-moi, Georges, loin de cette maison et loin de cet homme qui me fait mourir... »
J'ai téléphoné au ministère. J'étais affolé...
Quand vous êtes arrivé, vous vous êtes jeté sur la pierre à ses côtés ! Elle hurlait, elle était possédée !... Vous l'avez prise dans vos bras... elle vous a repoussé ! J'ai voulu la calmer ! Vous l'avez suppliée de ne plus crier !
Je l'ai suppliée de vous aimer...
Vous avez dit que vous alliez mourir...
Je lui ai demandé pardon d'écouter tout ça...
Je lui ai dit que si vous l'aviez abandonnée, c'était pour travailler pour l'humanité !... Qu'un député, ça défend des idées... Que vous étiez dénigré... qu'il fallait vous défendre ! Défendre vos idées, vos amis, la patrie...
Vous avez dit : c'est décidé, je vais tout abandonner !
J'ai dit : Il va partir en congé, vous emmener en vacances, au Pérou, n'importe où...
Et Stéphanie a hurlé qu'elle ne vous pardonnerait jamais de l'avoir abandonnée pour des idées qui n'étaient même plus vos idées !
Vous avez dit : je vais mourir !
Et Stéphanie a répondu : maintenant tu peux mourir ! Tu as trahi tout ce qui me faisait t'aimer !
Après ça, j'ai plus osé parler...
Vous, vous faisiez peur, tellement vous étiez figé.
Un long moment on a entendu les mouches voler...
Et puis... vous avez voulu la prendre dans vos bras.
Elle vous a repoussé. Votre tête a cogné sur la pierre et j'ai cru vous voir mourir...
Vous étiez étendus, tous les deux.
Côte à côte, sur le sol, immobiles.
J'étais affolé.
On sentait seulement le parfum de Stéphanie, je m'en souviens. J'ai cru que vous étiez mort, embaumé.

Un moment a passé. J'étais heureux de vous voir enfin calmé. Et puis... Georgina est arrivée, elle a appelé l'ambulance, j'ai voulu les accompagner. Mais elles sont parties...
(Il sort son mouchoir).

Et Georgina en a profité pour ne jamais revenir. Georgina m'avait guéri ! Maintenant, tout est pire qu'avant !

Nicolas
Va-t'en, je t'en supplie ! Tu empoisonnes mon sommeil, ma mémoire !
(Il le prend par les épaules).

Georges
Je m'en vais. Je suis démoli pour la nuit, mais ça ne fait rien.
Pourvu que l'examen ne soit pas pour demain...

Il sort en titubant

Nicolas se retrouve seul

Nicolas
Dans quel fond de marmite pourrie suis-je tombé ?
(Il regarde les voiles des fenêtres qui volent aux courants d'air. Il grelotte).
... Si je pouvais dormir !... *(Il sourit).*
Quand je dors, j'accouche quelquefois d'une petite fille. Et je reste toute la nuit à me réchauffer, sa tête si chaude entre mes mains, jusqu'au petit matin...
Je déteste les petits matins glacés !
(Il se recouvre la tête d'un édredon. Il grelotte. Il rit).
Stéphanie m'avait dit : « Sur la Dordogne, il y a un micro-climat. Ta chambre tu l'aimeras ! Mais le plus beau, tu verras, c'est le parc à oiseaux ? »
(Il se tourne... il appelle :)
Oiseaux !... Oiseaux !... Oiseaux !...

On voit les masques accrochés au pied de l'escalier.
Ils regardent Nicolas de leurs yeux vides.

Stéphanie, où es-tu partie ?
Cette nuit, sur le pont, sous la pluie, au milieu de mes habits qui s'enfonçaient, je t'ai cherchée...

Il y avait des cheveux de sorcières qui se tordaient dans le courant, mais tu n'étais pas là !...
A quoi sert la nuit, l'eau qui coule, les cloches qui tintent au loin, si tu n'es pas là ?
Depuis que je t'aime, je ne cesse de te perdre.
Une année pour te retrouver.
Georges, tu t'en souviens, nous avait prêté sa maison d'Honfleur.
Sur l'autoroute, ma voiture est tombée en panne.
J'ai passé ces deux jours qui t'étaient consacrés, seul dans une station-service à regarder les voitures défiler... Ces gens pressés, qui entraient, qui sortaient, qui rigolaient, qui s'engueulaient...
Je rêve l'existence, et je vis dans l'antichambre.
Depuis que tu es partie, j'attends quelquefois plus d'un mois l'opportunité d'un dîner qui me permette de te rencontrer. La soirée arrive, et je la passe à trois mètres de toi, coincé dans un canapé, entre une hétaïre qui me parle de ses dents... et la femme d'un président africain qui raconte qu'elle a changé son nez pour plaire à un Allemand !
Je dors avec ta meilleure amie...
Je ne rencontre jamais le fromage que je souhaite manger... mais je trouve les rats qui tournent autour.
Je suis toujours assis à côté de ma chaise, dans les lieux que je n'ai pas choisis, avec des gens qui ne sont jamais mes amis.

Le mot « ami » a un effet magique.

Leurs têtes apparaissent toutes en même temps.

Ils regardent le baffle. Ils ne voient pas Nicolas qui vient de s'enfouir sous ses édredons.

Ils sont exaltés.

Gaston
Amis... Amis... ?

Georges
Amis de qui ?

Marcel *(s'approchant du baffle)*
Il a parlé ?

Gaston *(idem)*
Quelqu'un a parlé ?

Georges
De moi ?!

Le vieux
Enfin, qui a parlé ?

Dudu
Si Marcel ne râlait pas sans arrêt, j'aurais entendu.

Gaston
C'est terrible on a parlé et personne n'a écouté ! On prêche toujours dans le désert !
Mon chef de rayon m'avait dit : « Gaston, encore une fois la main dans le sac, et c'est la porte ! »
Je ne l'écoutais pas !
J'ai recommencé à piquer, et il m'a viré !

Marcel *(criant)*
C'est ma faute !

Gaston *(criant)*
Si j'avais écouté, j'aurais plus piqué !

Marcel *(criant)*
C'est ma très grande faute !!

Jacques et le vieux *(hurlant)*
Silence ! Arrêtez de crier. Ecoutez !!!

— Un temps.

Sous les édredons, on entend la voix étouffée de Nicolas qui continue à se parler.

Ils font tous volte-face.
Inquiets, ils entourent l'édredon.
Jacques se jette à genoux.
Marcel et Dudu, d'un coup sec, arrachent l'édredon en criant.

Marcel et Dudu
Qu'est-ce qu'il y a ?... Vous nous avez parlé ?...

Nicolas *(se redressant)*
Non.

Tous se regardent, profondément déçus.

Le vieux *(à Nicolas)*
C'est assommant !

Dudu *(idem)*
On espère toujours qu'il va arriver quelque chose !...

Marcel
Que quelqu'un va nous parler !

Le vieux
Et puis, rien !

Jacques *(au vieux)*
Qu'est-ce qu'on deviendra après ?... Quand on aura bien ri... Qu'est-ce qu'on deviendra, papa ?...

Le vieux
S'il y a un haut-parleur, il est bien là pour quelque chose !

Marcel tape sur la baffle avec sa cuillère

Marcel
Vous seriez pas une boîte, par hasard ?... une boîte vide ?
(Il tire le fil électrique : il y en a des kilomètres, il rigole).
Il n'y a plus personne au bout du fil ?
Personne !

Soudain les autres terrorisés lui montrent Jacques.
Il est à califourchon sur le baffle. Penché en avant, il a collé sa tête dans l'orifice.
Il braille, lyrique :

Jacques
Je vous salue Marie, pleine de grâce...

(Il se penche encore plus...).

Tous
Oh oh oh oh oh oh oh oh oh oh !

Et Jacques tombe dans le trou et disparaît.

Le vieux *(hurlant)*
Jacques !...

Dudu
Où est-il ?

Marcel
Il est tombé !

Georges
Où ça ?

Le vieux
Dans l'oreille !
(Il hurle).

Jacques ! Jacques !
(Il se précipite vers le baffle).

Marcel
Le con ! Le con !

Il essaie de se hisser par l'ouverture.

(à Georges :)
Aide-moi !

Georges lui fait la courte-échelle. Marcel se penche dans l'orifice.

Retiens-moi !

Georges le retient par les pieds.

Tous
Alors !... Alors ?

Marcel
Je ne vois rien.

Le vieux *(qui trépigne)*
Ecoutez... Ecoutons... Ecoutez !

En se faisant la courte-échelle, ils sont montés sur le baffle.
Ils collent tous leurs oreilles sur la paroi.
Nicolas s'approche d'eux.

Marcel *(hurlant)*
J'entends marcher...

Nicolas s'arrête et écoute.

Marcel
Je n'entends plus rien.

Le vieux se met à pleurer.

Nicolas
C'était moi qui marchais.

Marcel
J'en ai marre de celui-là !... On entend que lui !

Le vieux, les bras collés contre le baffle, pleure.

Le vieux
Jacques... Jacques... Mon petit.
(Soudain méchant. Il donne de grands coups de pied au baffle).
Je t'avais dit de jamais te pencher... ! Fumier !

Gaston *(furieux)*
Arrête de le frapper !

Le vieux *(pleurant)*
Mon petit !
(Aux autres :)
Il faut le sortir de là !

Tous *(en chœur)*
Oui, oui !

A califourchon sur le baffle ils le frappent.
Ils tapent dessus comme des sourds.
Soudain, l'oreille s'ouvre en plusieurs morceaux, comme une tulipe.
Ils se retrouvent tous par terre.
Stupéfaction générale : Jacques n'est pas dans la boîte.

Le vieux
Jacques... Jacques...
(Il tourne en rond).
Où est-tu ?

Marcel
Par où il a pu filer...

Georges
Il n'y a que par ici qu'il y a une sortie...

Il montre le fil électrique qui alimentait le baffle.

Marcel
Tire... Tire...

Georges
Oui.

Ils tirent tous. Le fil se déroule. Il y en a des kilomètres.
Ils tirent. Ils finissent par être submergés.
Ils s'enroulent. Ils en ont partout.
Ils sont complètement ficelés.

Effaré, Nicolas est au milieu d'eux.

Dudu
Merde !

Marcel
Qui est-ce qui nous a ficelés ?

Gaston
On peut plus bouger...

Georges
Pour une fois que je participe à des activités de groupe !

Le vieux
Tu te venges, mon petit. C'est pas bien !

Marcel
Il nous a ficelés.

Blanche *(off)*
Eteignez les lumières !
L'orchestre et les chœurs sont en place...
Où sont les solistes ?

La lumière baisse.
Ils sont tous là, ficelés.
Nicolas est au centre. Il est pâle.
Ils regardent descendre Blanche, belle et majestueuse.

Soudain le début du *Requiem* de Fauré se fait entendre.
La bouche fermée, ils poussent tous un long gémissement sur la même note.
Un long gémissement qui se prolonge.

Blanche s'arrête et regarde les prisonniers.

Blanche
Pauvres, pauvres !
(Tendre)

Il n'y a plus d'hommes ! Des nouilles !
De la tendre gélatine de nouilles !

Soudain Nicolas se débat avec une violence inouïe.
Les autres affolés, s'écartent.
La corde se distend.
Nicolas parvient à s'échapper.

Nicolas
Je veux me tirer d'ici !
(Il se précipite dans les bras de Blanche)
Qu'est-ce que je fais ?...

Il se recule.

Excusez-moi...

Montrant les autres qui s'échappent en poussant des cris :

Ils se sont ligotés eux-mêmes !
Il ne faut pas me confondre avec ces gens-là !
Moi je veux foutre le camp d'ici !

Ils se sont accroupis, ils poussent leurs longs gémissements sur la même note.

Ecoutez-les ! Ils traînent leur angoisse comme une casserole à leur cul !...
On n'entend plus couler la Dordogne !

Très optimiste :

Des problèmes, tout le monde en a !...
J'en ai ! Et alors... Moi, j'ai la tête vide, le cœur en compote, je ne peux plus aligner deux idées ! Avant j'étais un orateur très apprécié. A la Chambre, toutes mes interventions étaient remarquées. On m'appelait le Tribun.
« Tiens voilà le Tribun à la tribune ! »
Maintenant, du haut du perchoir, je regarde les députés, et je suis sûr qu'ils vont s'en aller !...
Je prends la parole, et l'hémicycle se vide...
Je hurle, je veux les empêcher de partir... mais ma voix s'enroue, je sens mes bras qui s'agitent...
et je ne suis plus qu'un corbeau croassant et gesticulant.

Croa croa croa croa croa croa.

Mais je ne suis pas pessimiste pour ça !
Si maintenant je débloque à l'Assemblée... et bien... j'ai qu'à ne plus parler... je refuse les interviews télévisées... si on m'interroge... je souris finement... et puis, terminé, je refuse de parler !
Ça va intriguer !... On va se poser des questions ! Ma cote va monter !
Les médias ne parleront plus que de ça !... :
« Duval, mais, qu'est-ce qu'il mijote ?... Il fait le mort à trois mois des présidentielles ?!... Bien sûr !!
Tout l'échiquier politique est à reconsidérer !
Chers lecteurs, Duval est présidentiable ! »
Voilà. Si maintenant je débloque à l'Assemblée, j'ai qu'à ne plus parler ! Et je deviendrai présidentiable !
(Il se marre).

La qualité de mon parti, c'est l'incohérence !... Profitons de l'opportunité !
Je suis peut-être gâteux, mais je sais encore naviguer !
Il ne faut pas m'inquiéter, j'ai des collègues à la Chambre qui ne m'ont pas vu dans cet état, qui ne savent pas que je suis comme ça !
Et puis, il y a l'amour !...
Ah ! l'amour, Blanche !
Pour le trouver, il faut le vouloir, n'est-ce pas !
Une année dans une campagne du centre, je chassais le renard. J'étais depuis une heure au bord d'un terrier, le fusil pointé.
Rien ne se passait, ne bougeait.
Alors, j'ai mis toute ma force à désirer qu'il se passe quelque chose !...
Et lentement, au fond du trou, une main, un bras, une femme pleine de terre, toute griffée, est apparue. Elle était belle... elle sentait le vent, l'humus !
Ce jour-là, je m'ennuyais. J'avais tellement désiré qu'il se passe quelque chose !... et voilà !...
Aujourd'hui, je voudrais qu'une jeune fille m'aime !
C'est normal, à mon âge !... enfin... possible !
Alors, j'y pense... voilà !

Il se tourne vers Blanche, elle lui sourit.

Nicolas
Tu es si jeune, et belle ! Tu me donnes envie de vivre !

Il se retrouve dans les bras de Blanche.

Après un temps, il baille.

Je suis fatigué ! Après !... Il faut dormir !... Après... *(il rit)* On verra, après !
Alors, la chambre promise, sur la Dordogne, c'est un rêve ou une réalité ?

Il se blottit aux pieds de Blanche.

On n'aura donc jamais qu'une marche pour se reposer !...

Comme un ressort, les autres se retrouvent tous debout, à gesticuler.
Blanche leur fait de grands signes pour les calmer.
Nicolas se redresse.

Nicolas
Vous avez quelque chose à proposer ?...

Blanche leur fait de grands gestes derrière elle.

Nicolas
Non ?... Qu'est-ce que vous faites ?
Vous savez où est ma chambre ?

Maintenant ils font signe à Blanche de venir auprès d'eux.

Blanche *(acquiesçant)*
Oui.
Et elle y va.

Nicolas *(se méprenant)*
Oui ?... On y va ?... *Enfin* !...
Eh, attendez-moi !

Il rattrape Blanche qui s'enfuyait.
Il est enthousiaste.

Nicolas
C'est une chambre qui a un style ancien ?... moderne ?... C'est bien le moderne quand c'est du beau moderne, mais le moderne... C'est une grande chambre, sûrement ?... oui, avec le prix !
Et le lit ?
Et le balcon ? Ah, il y a un balcon, il paraît...
Sur le fleuve, bien sûr. Des fenêtres, de grandes fenêtres... pas des lucarnes ?...
(Il montre les fenêtres qui sont à trois mètres de hauteur)

Et il faut se mettre debout sur la table pour regarder la vue... et la vue, si ça se trouve, c'est l'usine à gaz !
(Soudain inquiet)

Et la Dordogne ?... tranquille ?
Pas trop de mecs en pédalos !...
De rigolos en camping car, vautrés sur notre coin d'herbe réservé ?... les seins, les couilles à l'air, à se tripoter, à transpirer ?...
Les enfants qui braillent, les transistors qui hurlent, les clebs qui chient partout, et qui se précipiteront sur moi pour me coller, pour m'emmerder ?!!

(Affolé)

Dans ma chambre on peut s'enfermer ?
Ils ne vont pas me pourchasser et défiler sur mon balcon, coller leur nez sur mes carreaux, pour me regarder dormir ?!!
Dans les chambres à côté, ils sont comment les gens ?...
Ils sont comment les gens, ils sont comment les gens, ils sont comment le gens ?...

Blanche *(avec force)*
Nicolas...

Nicolas
Ah, voilà, c'est pas si simple !...
(Montrant les autres qui l'écoutent accroupis).

Regardez-les, ils sont effrayants !
Mais, j'y suis habitué.
Tandis que là-bas, c'est peut-être bien pire... l'Horreur... c'est peut-être l'horreur !...

Les autres lui sourient, miteux. Nicolas est attendri.
Blanche prend les deux mains de Nicolas.

Non !.. Dans le fond, je préfère rester ici !...

Nicolas va s'accroupir au milieu d'eux. Il est heureux.

Tous se redressent d'un bond et, amicalement, viennent se coller à lui.
Nicolas, effrayé, se relève et s'enfuit.

Il s'effondre sur une marche.

Nicolas
Je ne sais pas... je ne sais plus ! Trop de responsabilités ! Toujours ! Maintenant, je ne sais plus !...

Blanche le regarde.
Elle hoche la tête et s'éloigne.

Nicolas
Blanche !...

Nicolas prend Blanche dans ses bras.
Ils restent un long moment l'un contre l'autre sans bouger.

Blanche *(très tendre)*
J'entends le pic-vert qui tape quelque part dans le bois !...

Nicolas *(se touchant le cœur)*
Il me fait mal

Blanche
Maintenant, je suis là !
Laisse-toi faire, ne pense plus. Fais le vide !
Demain matin, je t'emmènerai sur le fleuve. J'ai une barque plate cachée dans les joncs.
Ne leur dis pas ! Moi aussi, j'ai besoin de m'enfuir quelquefois !
Vers dix heures, le soleil est chaud. Tu verras, la nature est calme et heureuse, et les matins si clairs !...

Nicolas
Certains matins gris, avec Stéphanie, nous partions au bord du Loir.
Je plongeais ma tête dans l'eau verte.
Sous les cheveux des sorcières, je voyais le fond des mers. Le centre de la terre, le pays thaï, la rivière Kwaï, l'Asie, l'Afrique et l'Amérique !

Accrochée à la rive, le corps dans le courant, elle retenait ma main qui lui échappait, et elle criait : « Et que vois-tu encore ? » Et moi : « Je vois la baleine de Jonas, le désert de Gobi, la Laponie, le soleil de minuit... » Elle riait et elle criait : « Encore, encore !! » Les mains en sang, elle hurlait, elle empêchait ma tête de s'enfoncer trop loin ! Mon corps de partir au fil de l'eau !
(Il serre Blanche avec passion)
Stéphanie, sans toi, j'aurais dérivé toute ma vie.

En entendant le nom de Stéphanie, Blanche lâche la taille de Nicolas.

Sans toi, rien ne me retiens !
Oh, Stéphanie, donne moi tes mains !
(Il les lui prend).

Blanche les lui retire doucement.
Et le regarde inquiète.

(Il recule)
Tu me retires tes mains ? !
(soudain avec méchanceté)
Et ton cœur, où est-il ?... ton cœur ?!
En Bretagne... Quelque part... en Bretagne ?
Douze place du Moulin Vert... *A Lorient !!*

Et avec violence, il renverse Blanche.
Il la secoue en hurlant :

Il a vingt-cinq ans, je le sais, on me l'a dit !!...
J'y ai été, *je vous ai vus*, il parlait, il parlait, ce connard, cet intello, ce phraseur, ce parasite, ce voleur !!... Et toi... tu riais, tu riais !

Blanche *(doucement)*
Je ne suis pas Stéphanie.

Nicolas passe ses mains sur son front.
Il regarde Blanche. Ses yeux ont changé.
— Un temps.

Nicolas *(acquiesçant)*
Blanche Séjourné.
Tout Paris en parle... Son charme fracassant !... vous verrez... un ange ! C'est Lourdes !... Un miracle vivant, en trois mois ! N'oubliez pas. Là-bas, surtout ! Respirez profondément... son air, son eau, son cul ! J'ai payé, j'ai droit au rire. Non ? Ton regard est étrange... Tu ne ris plus ? Hors de prix, le rire, cette année ! Pas de rire, par de réaction ? Rien ? On ne fait rien pour moi cette année !... Tes mains ?... Non ?... Pas même tes bras ?... Alors, un petit flacon, pour guérir ?... Perlinpinpin en bouteille ?...six gouttes... A cent balles la goutte ! Non, mille balles ! Et *la cure à trente mille* ! Voleuse ! Des ronds, des ronds, des ronds de jambe. Tu ne peux *rien* faire d'autre. *Rien* apprendre, tu ne sais *rien*.
Tes yeux glacés regardent fumer le Vésuve ? Tes larmes qui coulent n'éteindront rien ! Tu es une banquise gelée, glacée... déserte, désolée... Le blizzard, le brouillard, la morte-saison... l'Enfer !? Tu es vide — vide — morte !!

Et Nicolas tombe aux pieds de Blanche.
Il ne bouge plus.

— Un temps.

Blanche se tourne vers les autres.
Comme s'ils attendaient ce signal, ils se précipitent vers Nicolas.

Georges très ému sort de sa trousse un petit flacon.
Il fait boire Nicolas.

Blanche leur fait signe.

Marcel, Georges, Gaston et Dudu s'emparent de Nicolas.
Ils le portent sur la première marche.
Jacques et le vieux lui tiennent les mains.
Blanche s'asseoit à sa tête.
Les autres l'entourent.

— Un temps.

Blanche caresse le front de Nicolas.
Nicolas bouge. Il ouvre les yeux.

Blanche *(très douce)*
Je me suis mariée en mars 68. Parce que c'était la saison des pluies.
Je croyais que le mariage n'était possible que s'il laissait à chacun son indépendance.
Jean ne ressentait pas ça. Il disait : « Moi, ma liberté, c'est mon amour ! »

Ils écoutent Blanche, inquiets et fascinés.

Jean était interne à Sainte-Marguerite. Je l'adorais. Une année, il était fatigué et je lui ai conseillé de rester trois jours à l'hôpital pour des analyses. Il est sorti le samedi. Ça tombait mal, c'était le week-end où j'avais enfin décidé de partir à Honfleur avec une amie. Il a voulu venir. Je lui ai rappelé nos promesses d'indépendance. Il a dit : « Bien, mon ange ». Et je suis partie. Il pleuvait ce soir-là. Sur la route il y avait du brouillard. On ne voyait rien. Mon amie parlait sans arrêt de son mari, de son amant... je ne sais plus. Sa voix perchée me perçait le tympan. Nous sommes arrivées vers minuit. L'hôtel que nous connaissions était fermé. Nous avons trouvé une chambre qui sentait le moisi dans un hôtel borgne. Le lendemain il pleuvait toujours. La mer était calme mais pleine de méduses. Je ne me suis pas baignée...
(Elle sourit).

Je ne voulais pas rentrer trop tôt pour ne pas lui avouer m'être ennuyée. Alors nous avons traîné. Au retour, nous avons dîné sur la route. Nous nous sommes disputées. Nous avons bu. Quand je suis rentrée à trois heures du matin, j'étais ivre. A la maison, sa mère m'attendait. Elle m'a prise dans ses bras. Et m'a annoncé que mon mari était mort une heure avant, en m'appelant.
Il avait trente-deux ans.

Ils ont tous écouté. Immobiles. La tête basse.

— Un temps.

Nicolas *(sans bouger)*
Le sable était mouillé... et les vagues ont effacé la trace de nos pieds...

Blanche
L'enterrement a eu lieu dans l'Ile aux Moines !

Je ne suis pas aussi froide que tu le crois...
Prends-moi dans tes bras.

Nicolas *(s'adressant autour de lui)*
Est-ce que ce ne serait pas trop de demander à quelqu'un de fermer toutes ces baies vitrées ?

Il frissonne.
Il se lève.

(Il la prend dans ses bras).

Voilà !

Georges *(aux autres)*
On devrait s'en aller.

Blanche et Nicolas sont dans les bras l'un de l'autre.
Ils ne parlent pas.

Nicolas *(à Blanche)*
Est-ce que tous ces gens qui nous regardent ne sont pas très gênants pour nous ?

Blanche
Non. Embrasse-moi.
(Elle rit)

Ne fais pas cette tête-là Jean m'a quittée.
Chaque fois que je pleurais pour ma liberté, il me regardait avec ses bons yeux de chien compréhensif. A cause de ses yeux, pendant des années, j'ai gardé un sentiment effroyable de culpabilité.
(Elle rit)

Tu l'as connu, Jean. Tu l'as oublié, mais tu l'as connu.
Et moi... te souviens-tu seulement de moi...
Quand on a parlé de l'ancien député de la Mayenne qui allait arriver, je me suis souvenu du petit professeur d'histoire de Poitiers.

Je me suis souvenue de cette nuit où tu es passé un soir, si tard, dans la rue Brémontier.
Tu as vu ma lumière allumée.
Te souviens-tu seulement de m'avoir déjà vue ?
Tes mains sont froides, Nicolas. Mais ton cœur est si chaud.
Je crois que la nuit que j'ai passé à t'écouter, je t'ai aimé.
Te souviens-tu de Blanche Séjourné ?
(Elle le regarde).

Tu me fais rire. Tu as l'air si effrayé.
Tu es bien, là ? Mets tes mains où tu voudras.
Réchauffe-les ! Réchauffe-toi. Je suis là pour ça.
Si nous faisions l'amour, là, maintenant, devant eux.
En souvenir de Poitiers... Il y a tant d'années, ça serait drôle. Ce soir, Nicolas, je te donne ma vie.
Moi j'ai retrouvé l'envie en oubliant ma vie.
(Elle les regarde).

Il faut que tu saches saisir la moindre petite parcelle de vie qui passe et l'attirer à toi, jusqu'à ce que la terre, la chaleur des entrailles de la terre t'éclate au visage et chasse l'hiver.

Pendant que Blanche a parlé, une musique lointaine nous est parvenue.
Une petite musique de fête.

Blanche
Je t'aime pour cet amour ligoté dont tu ne peux plus te débarrasser.
Tu es juin. Poitiers. Et la rue Brémontier.

Georges sort de sa poche un petit pipeau.
Il le met à sa bouche. Il en sort un son bizarre.

Tous se regardent, puis se dirigent vers Nicolas.
Il l'entourent.

Nicolas regarde Blanche.
Elle lui sourit.

Ils invitent Nicolas à les suivre.
Nicolas le fait.
Ils se dirigent tous vers la porte du fond, là où est apparu Nicolas pour la première fois.

Quand Nicolas est en place, ils s'écartent tous.
Et on assiste alors à une sorte de petit ballet de dépoussiérage.

Marcel et Dudu se jettent à genoux aux pieds de Nicolas.
Ils brossent avec énergie le bas de son pantalon.
Jacques lui enlève sa veste. Il la secoue avec force.
Le vieux lui enfile des chaussures immaculées...
... pendant que Gaston, qui s'est glissé derrière Nicolas, fait la courte échelle à Georges.
Lequel Georges, dominant Nicolas de la tête, lui brosse les cheveux avec amour.

En quelques secondes, Nicolas brille comme un sou neuf.
Il a retrouvé son aspect d'avant.

Ils s'écartent tous. Ils le regardent, admiratifs.

Nicolas est très beau.
Marcel ne peut s'empêcher de siffler entre ses doigts.
Jacques s'approche de Nicolas. Il traîne une grosse valise. Il la donne à Nicolas.

Alors Blanche s'avance, un bouquet de lys à la main.
Nicolas rit.

Elle offre son bouquet de lys à Nicolas.

Blanche lui donne l'accolade.

Ils restent un long moment l'un contre l'autre, joue contre joue. Ils commencent à danser.

La musique continue, tendre et lointaine.

Marcel se tourne vers Dudu.
Dudu prend Marcel par la taille. Ils dansent.
Le vieux et Jacques dansent.
Gaston, et même Georges, dansent une sorte de danse villageoise.

Blanche chuchote des mots à l'oreille de Nicolas.

Ils tapent tous dans leurs mains.
Georges met un faux nez. Dudu lui tire dessus. Marcel lui fait un croche-pied...
Georges tombe sur Gaston, qui tombe sur Dudu, etc...

Ils hurlent de rire.
La joie est à son comble.
Mais on n'entend rien que la petite musique lointaine.
Enlacés, Blanche et Nicolas dansent.

Mais soudain, en même temps, Marcel, Georges, Dudu, Gaston, Jacques et le vieux arrêtent de s'amuser.

Ils se regardent, immobiles. Désœuvrés. Les bras ballants.
Et subitement ils se mettent à tourner sur eux-mêmes comme des toupies.

Blanche lâche les bras de Nicolas et se précipite au milieu d'eux.

Blanche
Allons, allons, la fête n'est pas finie !
Arrêtez de tourner en rond !

Elle s'efforce de les retenir.
De les empêcher de tourner.
Mais ils tournent sans la voir.
Certains même la bousculent.
Au bout d'un moment, on dirait qu'ils la cognent exprès !

Blanche maintenant essaie de les éviter.

Blanche
Allons !... Il y a d'autres façons de tuer le temps !
(Riant un peu jaune)

Le jeu de quilles n'est pas drôle pour les quilles !...
(Blanche a un peu peur).

Laissez-moi, je vais me fâcher !
Marcel, arrête ou je vais te battre !
Ne tournez pas !
Gaston, tu avais promis de ne jamais recommencer !
(Elle s'accroche à Georges)

Georges... tu es mon préféré — tu le sais — arrête-toi !

Georges les yeux fixes, tourne...
Il entraîne Blanche dans son tourbillon.
Blanche s'arrache à son étreinte, furieuse.

Blanche
Tu t'en fous !... Eh bien, tourne !

Nicolas *(très pâle)*
Mais qu'est-ce qu'ils font ?

Blanche
Ils tuent le temps !
Le temps qui reste, ils veulent le tuer !

Nicolas ferme les yeux. Il titube.
Lentement il commence à tourner.

Blanche se précipite vers lui les bras grands ouverts.

Blanche
Ne tourne pas !
(Elle se serre contre lui)

Prends-moi dans tes bras !
Je serai ta compagne des jours de grand froid.

Nicolas ne bouge pas.

Nicolas, serre-moi dans tes bras !
Regarde-moi !!...
Tu voulais mes mains... Je te tends les mains !

Je ferai ce que tu voudras.
Je serai Stéphanie, Blanche, Clémentine, Marguerite, Joséphine !
Ton amour perdu et ton amour retrouvé...
Ton amour d'hier, celui de demain...
Je ferai ce que tu voudras !
Prends-moi, je suis à toi !
Je t'aime...
Je t'ai aimé dès que je t'ai rencontré !

Nicolas s'écarte. Il regarde Blanche.
Le bruit d'un train à grande vitesse ébranle les vitres.
Les rideaux volent aux courants d'air.

Nicolas sursaute. Il lève la tête. Il veut parler, mais son regard s'affole.

Blanche
Nicolas, écoute-moi... Regarde-moi !...

Nicolas se sauve.

Blanche *(elle hurle)*
Où vas-tu ? La gare est à trois kilomètres !...

Nicolas s'arrête.
Blanche pose ses mains sur son front.

— Un temps.

Nicolas se calme.
Il s'asseoit par terre sur la première marche de l'escalier.

Blanche s'accroupit à côté de lui.
Elle lui parle doucement.

Les autres ont arrêté de tourner. Ils regardent.

On entend le bruit régulier du train sur les rails.

Blanche
Tu vas dormir...
Etends-toi. Mets ta tête sur moi. Repose-toi.
Tu sens comme une pesanteur sur la nuque ?
Ne t'inquiète pas.
Maintenant je m'occupe de toi !
Il ne faut pas avoir peur, Nicolas. Pour trouver ta chambre, il faut pousser plus avant ! Cette nuit, tu t'es trompé d'entrée.
Ce pavillon longe la voie ferrée.
(Elle le montre).

Il est désaffecté depuis des années !
Il faudra t'en aller ! Les antichambres sont pleines de courants d'air... On n'y trouve que des chiens grelottants qui hurlent à la lune !

Georges, Marcel, Dudu, Jacques, Gaston et le vieux claquent des dents.

Blanche
Repose-toi !
Demain matin, tu trouveras en face de toi une allée de lilas... Prends-la. Quand elle s'élargira... l'entrée principale est là... Toute la nuit la lumière est restée allumée... Pour la trouver, il ne fallait pas garder les yeux fermés.
La maison te plaira... La Dordogne coule au bas... tu verras... C'est une société à responsabilité limitée... limitée...

On entend le bruit régulier du train.
Et l'orage qui s'éloigne.
La pluie tombe.

Blanche
C'est une longue bâtisse protégée du temps. De la pluie et du vent.
Tu ne rencontreras jamais personne. Les statues du parc seront tes seuls compagnes.
Quand tu entreras, une musique jouera dans le salon d'en bas.
Tu n'entendras que le vent dans les cheminées d'en haut.
Et ton cœur, qui bat au rythme des bois, des jours et des mois...

Des mois qui restent... des années qui restent !
Le bonheur est là, Nicolas... Et la paix... et la paix...
Et l'amour Nicolas !

On entend un train sur les rails.

Blanche embrasse Nicolas passionnément.
Ses longs cheveux leur cachent le visage.

La nuit vient. L'ombre les entoure.

Seuls Nicolas et Blanche sont éclairés.

Autour d'eux, les autres, immobiles, les regardent.
Blanche et Nicolas ne bougent plus.
Les autres ont allumé leurs lampes torches qu'ils tiennent comme des cierges.

Marcel *(parlant bas)*
Il s'est beaucoup énervé.
Mais maintenant il est calme.

Georges *(idem)*
Il a l'air heureux.

On entend le train sur les rails.

Dudu *(bas)*
Qu'est-ce qu'on fait, nous, maintenant ?

Jacques *(bas)*
On devrait se coucher.

Gaston *(bas)*
On peut pas y aller...

Le vieux *(bas)*
Ils bloquent l'escalier !

Bruit du train.
Ils tournent autour de Blanche.

Ils voudraient lui parler.
Attirer son attention.

Dudu
On voudrait roupiller.

Le vieux
Et on n'a même plus d'escalier !

Marcel
Fabienne...

Dudu
Marguerite !...

Georges
Georgina, on voudrait...

Blanche ne les entend pas.

Alors, complètement perdus, désœuvrés, ils recommencent à tourner sur eux-mêmes, comme des toupies.

Blanche lève la tête.
Elle les aperçoit qui tournent.
Elle regarde Nicolas. Elle sourit, rassurée. Lentement, elle lui soulève la tête et la pose délicatement sur la marche.

Elle se lève.
Elle est au milieu d'eux.
On la voit dans la pénombre. Elle rit. Elle tape des mains.

Mais on entend seulement le bruit du train.

Ils ont cessé de tourner. Ils rient. Ils chantent.
Dans un même élan, ils se prennent tous la main et, à la queue leu leu, ils se mettent à courir.

Blanche est à leur tête. Ils traversent la scène.

Ils montent sur la chaise et, de là, sur la deuxième marche, au-dessus de Nicolas.

Ils montent jusqu'en haut des marches où Blanche s'asseoit.

Dudu et le vieux se blotissent dans ses bras.
Dudu, jaloux, regarde le vieux en grognant. Le vieux, inquiet, s'éloigne.

Gaston prend sa place.
Gaston et Dudu sont blottis contre Blanche.
Jacques, enthousiaste, se jette à leurs pieds.
Blanche lui caresse le front.
Le vieux rejoint Jacques.
Les mains de Blanche passent du front de Jacques à celui du vieux.

Pendant ce temps, Georges et Marcel sont restés en arrière.
Ils sont fascinés par Nicolas.

Nicolas est seul, abandonné sur sa marche. Il a l'air d'un gisant.
Ils s'asseoient. Ils le regardent.

Après un long temps :

Marcel
Tu crois qu'il est mort ?

Georges *(faisant « non » de la tête)*
Il dort — d'amour !

Marcel
C'était ça, l'examen ?

Georges
Quel drôle d'examen ?
(Il renifle).
J'ai un peu envie de pleurer...

Marcel renifle également.

Soudain Georges ouvre un four énorme... et, miracle, de l'ouverture béante sort une voix de ténor, merveilleuse... bouleversante...

Très ému par tant de beauté, Marcel regarde son camarade.
Et soudain il chante également.

Ils chantent tous deux en chœur. Leurs voix chaudes et vibrantes nous atteignent au fond du cœur.

(Les mélomanes avertis reconnaîtront le *Requiem* de Verdi).

Blanche, Dudu, Gaston, Jacques et le vieux chantent également.
Ils y mettent toute la tendresse dont ils sont capables.

Mais tout à coup, leurs voix se mettent à patiner.

La lumière oscille et baisse sur eux.

Brusquement c'est le silence. Plus rien ne bouge.

Il n'y a plus que Nicolas d'éclairé.

On n'entend un train de plus en plus fort.

Brusquement, c'est le noir et le silence.

(Un temps).

Dans le noir on entend des pas sur du gravillon. Et une voix lointaine appelle :

La voix
Eéé... é !... Eéé... é !... Eéé...é !

Les pas se précipitent.
Et la lumière se rallume.

On a la sensation d'être le matin. Par un beau soleil.
La lumière est chaude. Différente.

Les autres ne sont plus là.

Nicolas est toujours étendu à la même place. Il est appuyé sur un coude. Ses yeux sont ouverts. Il regarde, étonné. Au-dessus de lui, il y a une verrière, les zones d'ombres de la cour et du jardin ont disparu. A la place de magnifiques orangers sont là, éclairés par le soleil du matin. Nous sommes dans une très belle orangerie, à flanc de coteau. Pas loin de la Dordogne, et tout près de la voie ferrée.
Dehors, quelqu'un marche sur des gravillons.

Une voix de femme appelle :

Voix *(off)*
Monsieur Révillon... Révillon !

Soudain un homme apparaît à la porte du fond.
Il regarde autour de lui. Paraît vouloir se cacher.

Nicolas s'allonge à nouveau sur la marche, et ferme les yeux.

L'homme ébloui met sa main devant lui.
Il regarde à l'intérieur de la pièce.
Il aperçoit Nicolas.
Il s'approche...
Il se penche sur lui précautionneusement.

L'homme *(Révillon)*
Drôle d'endroit pour dormir !

On entend, off, la même voix de femme :

Voix *(off)*
Monsieur Révillon !

Et apparition de Blanche.
Mais une Blanche différente, peut-être plus froide, un peu sévère.
Ses cheveux sont serrés dans un turban.
Elle porte un tailleur gris. Très strict.

Blanche
Monsieur Révillon, il ne faut pas venir ici !

Révillon lui montre Nicolas.
Blanche s'approche.
Elle regarde Nicolas étendu.

Blanche
Réveillez-vous, Monsieur !
(A Révillon :)
Vous l'avez déjà vu !

Révillon fait « non » de la tête.

(A Nicolas :)

Allons, comment pouvez-vous dormir dans un endroit pareil ?

(Elle le touche du bout des doigts. Lentement Nicolas ouvre les yeux. Il regarde Blanche).

Qui êtes-vous, Monsieur ?
Allons... levez-vous !

(Elle aide Nicolas à se relever).

Monsieur Révillon, aidez-moi. Allons, aidez-moi !

Nicolas se retrouve debout face à Blanche.
Blanche le reconnaît.

Blanche
Mais... Vous êtes Nicolas Duval !!

(Elle le regarde des pieds à la tête).

Nous vous avons attendu toute la soirée !...
J'ai pensé que vous aviez raté votre train !
Vous avez dormi ici ! Quelle horreur !...
Pourquoi n'êtes-vous pas entré dans la maison ?
Nous vous attendions ! J'ai téléphoné partout...
Je dois dire que je m'inquiétais...

(Elle se tourne vers Révillon).

N'est-ce pas, Monsieur Révillon, nous nous inquiétions ?

Révillon ne répond rien.
Un autre homme est entré. Il est habillé comme le premier.

Tous deux entourent Blanche.
Ils regardent Nicolas.
Nicolas les regarde.

— Un temps.

Blanche
Allons Messieurs, s'il vous plaît, il n'y a rien à voir !

Les hommes s'éloignent et regardent de loin.

Blanche *(mondaine)*
Quand je pense que le député de la Mayenne a dormi dans ce hangar !...

(Elle rit).

Ne le répétez pas, ça me ferait du tort...
Vous auriez contourné le massif de rhododendrons, vous n'auriez pas pu rater la maison... Vous auriez dormi dans un bon lit. Et ce matin, vous vous seriez réveillé sur la Dordogne, avec un bon café au lait et des croissants.

Un train passe en ébranlant les vitres.

Et tous ces trains...
Vous devez être bien fatigué...
Venez, cher Monsieur...

Blanche se dirige vers la sortie.

Mais Nicolas ne bouge pas. Il est immobile. Dos à nous.

Blanche *(autoritaire)*
Allons, venez !

Nicolas ne bouge pas.

Blanche revient vers lui.
Elle lui touche le bras.

Nicolas la regarde.
Blanche lui sourit, charmeuse.

Blanche
Vous savez que nous nous sommes connus autrefois... vous étiez professeur... de je ne sais plus quoi... à l'université de Poitiers, je crois...

Nicolas ne réagit pas.

Blanche aperçoit la valise de Nicolas qui est restée au pied de l'escalier.
Elle s'en saisit.

Blanche
Vous ne pouvez pas ne pas vous souvenir de moi...
Blanche Séjourné...

Elle glisse son bras sous le bras de Nicolas.
Elle rit.
Elle l'entraîne vers la sortie.

Je crois même me souvenir que j'avais un petit sentiment pour vous...
(Elle rit d'un petit rire distingué).

Votre présence, chez nous, même pour une semaine, est un honneur et une joie, monsieur le député !
J'adore la politique, vous savez !...
Ah, n'oubliez pas le verre que le département offre à midi en votre honneur !... et la conférence de presse à quatre heures !...

Elle rit.

N'espérez pas y échapper !...
Depuis ce matin, le téléphone n'a pas arrêté de sonner !
Ah, on peut dire que vous êtes attendu, monsieur le député !...

Soudain, des flashes crépitent de partout.
Monsieur Révillon et trois autres photographes mitraillent Nicolas.

D'un coup sec, Nicolas se tourne vers eux.
Et nous le voyons.
Son visage n'est plus le même. Détendu. Il prend la pose. Il se passe la main dans les cheveux. Il sourit. Il est heureux.

Chaque fois, il se tourne vers le photographe qui opère, cela donne à sa tête un mouvement saccadé qui finit par figer son sourire.

Blanche fait cesser les photos.
Les photos cessent.
Nicolas est immobile face à nous, le sourire figé.
Blanche s'approche, chaleureuse.

Blanche
Vendredi, j'écoutais les informations d'une heure, quand vous avez annoncé que vous étiez candidat à la Présidence de la République...
(Ele rit, heureuse).
Quand je pense que, dans six mois, vous serez peut-être le Président de la République... j'en suis tout émue.
(Elle se tortille).

Ils sortent.
On l'entend rire.

Blanche
Nous en avons eu un autre, il y a quelques années... sa photo est dans le hall d'entrée...

Vous verrez... vous verrez... il y a de plus en plus de gens fatigués, et nous sommes pleins jusqu'à la fin février !
Ah, monsieur le député, quelle joie de vous retrouver !...

On entend leurs pas s'éloigner sur le gravillon, jusqu'à disparaître.

Noir.

Imprimé en France
FROC02n1256021017
17882FR00010B/64/P

9 782702 116852